睡美人

川端康成 文集7

文集總論

川端的人與作品（川端文學為何？）

川端康成一八九九年生於大阪，父親榮吉為醫生，在川端二歲、三歲時父母相繼逝世，孤兒的境遇為川端文學的出發點；他為祖父母收養，七歲時進小學，因胃病體弱而常缺課，不過成績好，對作文已經展示才能，他與在病床的祖父的生活，以片段記錄方式寫在《十六歲日記》，讀中學的少年眼看死期逼近自己唯一的親人，雖然有淚、有憤怒等，但是毫無妥協地以當事人以及同時為旁觀者的身分，寫下此一與《伊豆的舞孃》可以相提並論的作品。

川端是在滿十二歲的那年進中學，他在自筆年譜中寫著「小學時曾有立志當畫家的時候，小學高年級起濫讀書籍，志願改變，中學二年起立志當小說家」，當時小說家的地位非常低，川端少年的志願與一般少年的立志實在很不相同；中學時代，他便開始投稿到文藝雜誌以及地方報紙，算是踏上文學少年的軌道，但是即使如此，連在升高等學校時，他也以立志當小說家為前提而決定要報考的學校，大學畢業後雖然在經濟上也有過窮困、懷才不遇的時代，恩師有兩次勸他留在大學當老師，但是他決心以文筆維生，二度堅決婉拒，可見其當小說家的心志之堅強。

川端是在一九一八年的十月底首次到伊豆去旅行的，與旅遊藝人邂逅、同行，其間經驗寫了《伊豆的舞孃》等，以後有十年間每年均一定到湯島去；廿一歲第一高等學校畢業，進入東京帝國大學文學部英文系（翌年轉系到國文系）；在東大在學中，他創辦了《新思潮》，為此去拜訪菊池寬而得其諒解，其後長期受菊池寬照顧，並參加《文藝春秋》同人聚會；為了對抗普羅文學雜誌《文藝戰線》，在積極受第一次世界大戰後、歐洲前衛文學的影響而以新感覺文學為志，創辦《文藝時代》，其後川端一生對於提倡文學不遺餘力，他出任也是芥川獎詮橫委員、海軍報導班班員、日本筆會會長，其後到一九六八年得到諾貝爾文學獎，他一直是領時代文學風騷的人。

川端從未成名前起，便一直有勁但是輕快的語言，寫成清澄的詩樣作品，然後自己從寫作本身得到救贖，從孤兒意識遁逃出來，因而與世間和解；川端的文學除了表現自己獨特的空虛與徒勞的美學以及人生觀之外，其實也不斷在作各種憧憬，不斷藉著跨出日常現實的架構與限制，而對各種被視為社會禁忌的不同情色主義進行嘗試與描寫，因此而讓自己的慾望與感覺能到安撫；川端的作品是有非常官能的一面，像《千羽鶴》是男人與父親的情婦交媾，而女人與母親的情夫交媾，以社會日常感覺而言是雙重禁忌，但是因為官能愈是濃厚，便愈接近死；因為日常生活中每一個人均背負了不得任意侵犯、觸摸他人的規制，因此內心深層可能有項突破、違反這些限制的、魔鬼般的慾望，川端藉著文學表現，很平靜地在心靈內外世界來去自如。

川端作品有許多均與如夢似幻的世界有關，與其說是川端的視野從現實接近夢，將夢幻或是倒映之影等當作實景來認識，其實是川端透過作品的力量，讓這些美得到實現，等於是用文字的力量來證明夢幻實際上是存在的。

日本文學評論家中村真一郎曾對三島由紀夫說，「我將川端的少女小說一口氣讀了，覺得相當情色，比起川端的純文學，是更為活生生的情色主義的；世間以為川端的東西讓小孩子讀很安全，這是很大的錯誤」，三島則認為真正的說法應該是「大人不能不讀川端的情色主義」；三島認為川端的情色主義並非僅是川端本身官能的發作與暴露，而是對於官能的本體，也就是對於聲明自己一直未能歸納出理論上的結論，所以靠不斷地接觸、嘗試來接近結論。

川端的作品的確經常讓處女、少女登場，主角對於處女有強烈的憧憬，處女是一種禁忌的存在，所以提升了主角感情狀態的伏特數，一旦打破，則亢奮便告消失，作為禁忌的對象便開始退色；在憧憬與禁忌之間的掙扎以及想像等，便是川端情色的張力；少女、處女在頹廢之美、失衡之美中扮演重要角色；情色不限於處女、少女，川端在《千羽鶴》中對於有三、四百年歷史的古董茶碗指為「腰身堅挺」等等，誘人做官能的聯想；此外《雪國》中男主角凝視、嗅聞觸摸過女人的食指等，《山之音》、《千羽鶴》中也不迴避床上鏡頭等。

川端文學是有濃厚的妖豔之氣的，和谷崎潤一郎比起來，他不算是正統派的作家，他是嘗試各種主題以及手法的世界性的作家，例如他也是旅情文學的祖師，也是喚醒世人回顧日本傳統以及日本心與形之美的大師。

川端是在得諾貝爾獎四年後、一九七二年四月十六日，在逗子海濱的公寓工作房中用瓦斯自殺，享年七十二歲，他這一年才剛在《文藝春秋》發表《如夢似幻》，表示自己將重新出征的決心，卻突然自絕。但是如果理解川端永遠是一位孤獨的旅人，或許也不是那麼吃驚的。

——劉黎兒

（劉黎兒，台大歷史系畢業，曾任《工商時報》、《中國時報》等平面媒體擔任記者職務。一九八三年赴日，展開她為期十七年的駐日特派員生活，東京這個異國城市已經成為她的第二個家。在旅日期間，劉黎兒以「黎婉」筆名為《九十年代》月刊專欄執筆十年，並擔任日本「RADIO短波」節目評論員及《東洋經濟》等雜誌的作家。）

導讀

川端是在一九六〇年至一九六一年寫《睡美人》的，在當時他已經有幾件作品被翻譯為外文、另一方面則相繼從德國、法國以及日本國內均得到各種獎項的時期，從《睡美人》這麼具震撼性的作品，似乎可以窺見那幾年川端的內心大概是為漠然的思索所盤占，是處於一個危機的時期，才會讓《睡美人》維持在形式上的完美性，同時也釋放出成熟將爛的果實芳香，是頹廢文學的逸品。《睡美人》在川端的同時代未得到充分的矚目，或許與《睡美人》中隱含的各種課題如幻想文學、戀童癖、戀屍癖、老人情色論、密室機能論以及娼婦性、處女性、母性等有關，在六〇年代尚無法讓評論家正視，直到過了約十年才開始有各種觀點提出來。

《睡美人》是讓川端文學大為開花結果的作品，可以說是在世界文學最前端而且邁入前人所未及的祕境的傑作。川端一貫地憧憬少女、處女，但是即使觸摸也不侵犯的川端美學精髓收斂於睡美人這樣的無機物中，很高明地表現、昇華了處女的形象，此外這也是表現情色與死的極限的、在世界文學史上將能永遠留下來的作品。

《睡美人》的故事是老人江口，因為友人的介紹而到一處祕密之家，該處能和因服藥而一直在睡眠狀態的少女過夜，讓已經喪失性機能的老人能得到一時的療癒；但是尚未變成性無能的江口，為危險的誘惑所驅使，不斷陪睡，在次數增加之後，開始作惡夢，感到自己體內彷彿有什麼開始痲痺；然後他得知老人福良在此處暴斃，這晚江口房間是一黑一白兩位少女，黑少女讓他想起四十幾年前接吻的少女；江口躺在兩人之間，黑少女從背後擠他，白少女腳和他纏在一起，讓他夢見已逝的母親而醒來；黑少女身體冰冷，籠罩著一片死氣，江口也被餵白色的藥錠，眼睛眺望著躺在床上發光的美麗、赤裸的白少女，耳朵聽到福良屍體被送到附近溫泉旅館以及黑少女被推下樓梯的聲音。

《睡美人》與《山之音》一樣，對於「老」與「性」的主題以少女觸媒來追求，但是與《山之音》中的少女不同，此處的少女是不會回首看老人的，而僅是片面被老人觀看的一種存在；每一位少女多少有些差異，但是均和江口過去不同經驗的女人融合，像第一位少女強烈的乳臭，讓他想起孫女以及婚前與情人激烈的交媾等；第二位少女則讓他感受到像是年輕娼婦般的魅力，差點觸犯此處的禁忌、規制等；第三位少女是很細小的身材，讓他想起神戶的有夫之婦以及十四歲的娼婦之間的情事等等。

對老人而言，在此一密室中，不為衰老的自卑感所困擾，得以自由幻想與追憶，老人與少女之間彼此不知道對方是何許人，然後老人獲得在此世間不可能得到的喜悅；到此處的老人，看來都是在世俗間相當成功的人，或許做點壞事而守住成功，他們的心其實未必安泰，反而有恐怖與敗北之感；江口雖然也想懺悔過去的罪孽與悖德，但是藉著少女而在心中浮現的過去的女人們，都是一些對江口的愛撫敏感反應而忘我的女人，也就是這些少女們讓老人過去的性愛全告復甦，而且有許多幻想；此外，因為睡美人的啟示，所以不再厭世或是害怕寂寞，過去捨不得睡覺，但是現在則想如身邊的少女般沉睡。

江口在這個密室中不斷與各種念頭搏鬥，像是勸住或是刺傷少女，想侵犯她們、留下自己的種，甚至想將第五夜的少女當「最後的女人」等，究竟是密室中是地獄呢？還是密室外是地獄呢？不過最後均未實行；五夜中有六位少女登場，最後黑少女的死的不吉祥之事，讓故事成功地收尾；江口雖然尚未變成性無能，但是自覺遲早會如此，便以此種掙扎為主軸而故事開始發展，想如何去動這些沉睡少女的手腳，均不過是江口自說自話而已。江口從少女不經意的表情以及味道，而讓過去與自己以某種形式交媾過的女人的記憶復甦，但是這些其實僅僅是流逝的過去，重要的是老人現在依然依戀女人身體的慘痛，老人想在此一祕密之家與睡美人並躺而死的願望並非戲言；不過最後發現這些沉睡美女是無抵抗力的，反而感到自己的搏鬥不過是虛張聲勢一場。

三島由紀夫為此一小說解讀時表示「性愛的對象沉睡，是一種理想狀態，自己的存在因為無法讓對方理解，因此性慾僅止於純性慾，能防止以相互感應為前提的愛情的滲透」；三島指出，因為六位少女都不說話，因此除了一些睡癖以及夢話之外，僅剩肉體的描寫；川端的對肉體有執拗綿密、戀屍般地描述，可以說是以語言而達到觀念上淫蕩的極致；但是作品全篇有點透不過氣來，是因為經常在性幻想中交織著厭惡、在讚揚生命的同時也摻入對生命的否定，極盡人的智慧來促進一種官能上閉塞的狀態，性完全未成為到自由與解放的象徵，或許那個世界並非是真正封閉的世界，而是在舉行一個非常寬闊、非常具有社會性的無可遁逃的「死亡舞會」罷了！閉塞不過是暗示江口本身的死亡！

小說中，江口說的「有比自殺更為寂寞的時候？」這或許是川端內心的聲音！

——劉黎兒

目錄
contents

一

客棧的女人叮囑江口老人說：請不要惡作劇，也不要把手指伸進昏睡的姑娘嘴裡。

看起來，這裡稱不上是一家旅館。二樓大概只有兩間客房，一間是江口和女人正在說話的八鋪席寬的房間，以及貼鄰的一間。狹窄的樓下，似乎沒有客廳。這裡沒有掛出客棧的招牌。再說，這家的祕密恐怕也打不出這種招牌來吧。房子裡靜悄悄的。此刻，除了這個在上了鎖的門前迎接江口老人之後還在說話的女人以外，別無其他人。她是這家的主人呢，還是女傭人？初來乍到的江口是不會知道的。總之，她不喜歡客人多問，還是不多問為妙。

女人四十來歲，小個，話聲稚嫩，彷彿有意操著緩慢的語調，只見兩片薄薄的嘴唇在蠕動。嘴巴幾乎沒有張開，不太看對方的臉。她那雙烏黑的瞳眸裡，不僅含著能使對方放鬆警惕的神色，還有一種習以為常的沉著，使人喪失對她的戒心。桐木火盆上坐著鐵壺，水燒開了，女人用這開水沏了茶。論茶的質量、點茶人掌握的火候，在這種地方、這種場合，實在是出乎意料地再好不過了。這也使江口老人感到心情舒暢。壁龕裡掛著川合玉堂的畫——無疑是複製品，不過，卻是一張溫馨的紅葉盡染的山村風景畫。在這八鋪席寬的房間裡，看不出隱藏著什麼異常的跡象。

「請您不要把姑娘喚醒。因為再怎麼呼喚她，她也絕不會睜眼的……姑娘熟睡了，什麼都不知道。」女人又說了一遍，「她熟睡了，就什麼也不知道。就連跟誰睡也……這點請不必顧慮。」

江口老人不免產生各種疑竇，嘴上卻沒有說出來。

「她是個漂亮的姑娘吶。我也只請一些可以放心的客人來……」

江口沒有把臉背過去，而把視線投在手錶上。

「現在幾點了？」

「差一刻鐘十一點。」

「是時候了。上年紀的人都早睡，清晨早起，您請便吧……」女人說著站起身去打開通往鄰室的房門鎖。她大概是個左撇子，總使用左手。江口受到開鎖女人的影響屏住了氣息。女人只把頭伸進門裡，好像在窺視著什麼。無疑她已習慣於這樣去窺視鄰室的動靜。她的背影本來極其一般，可是，在江口看來卻覺得很奇異。她的腰帶背後結的花樣是一隻很大的怪鳥。不知道是什麼鳥。如此裝飾化了的鳥，為什麼還給它安上寫實式的眼睛和爪子呢？當然，這不是一隻令人毛骨悚然的鳥，只是鳥模樣顯得做工笨拙而已。不過，這種場合的女人的背影，要說最能集中反映其可怖性的，就是這隻鳥。腰帶的底色是幾近於白色的淺黃。鄰室顯得昏暗。

女人按原樣把門關上，沒有上鎖，鑰匙放在江口面前的桌子上。她的神情也不像是檢查過鄰室，語調也一如既往。

「這是房門鑰匙，請舒舒服服地睡一覺吧。如果睡不著，枕邊放有安眠藥。」

「有什麼洋酒嗎？」

「噢，這裡不備酒。」

「睡前喝點酒也不行嗎？」

「是的。」

「姑娘就在隔壁房間嗎？」

「她已經熟睡了，等著您吶。」

「是嗎？」江口有點驚訝。那姑娘什麼時候進隔壁房間的呢？什麼時候入睡的？剛才女人瞇縫著眼睛窺視的，難道就是要確認一下姑娘是否已睡著了嗎？雖然江口曾從熟悉這家情況的老年朋友那裡聽說過，姑娘熟睡後等待客人，並且不會醒過來。但是到這裡來看過後，反而難以置信了。

「您要在這兒換衣服嗎？」如果換，女人打算幫忙。江口不言語。

「這裡可以聽到浪濤聲，還有風……」

「噢，是浪濤聲。」

「請歇息吧。」女人說著便離去了。

只剩下江口老人獨自一人的時候，他環視了一圈這間悄然無聲的八鋪席房間，隨後將視線落在通往鄰室的門上。那是一扇用三尺長的杉木板做成的門。看樣子這門是後來才安裝上去，而不是當初蓋房子的時候就有的。察覺到這點之後，他又發現這扇牆原先可能就是隔扇拉門，但為了做「睡美人」的密室，後來才改裝成牆壁的吧。這扇牆壁的顏色，雖說與四周的牆很協調，但還是顯得新些。

江口拿起女人留下的鑰匙看了看。這是一把極簡單的鑰匙。拿鑰匙自然是準備去鄰室的，可是江口沒有站起身來。剛才女人說過，浪濤洶湧，聽起來像是海浪撞擊著懸崖的聲音。這幢小房子是坐落在懸崖邊上。風傳來了冬天將至的信息。風聲之所以使江口老人感覺到冬之將至，也許由於這家的緣故，也說不定是江口老人的心理作用呢。這裡也屬暖和地帶，只要有個火盆就不覺寒冷。四周沒有風掃落葉的動靜。江口深夜才到這裡來，不太清楚這附近的地形，卻聞到海的氣味。一走進大門，就看到庭院遠比房子寬闊得多，種植了許多參天的松樹和楓樹。黑松的樹葉在昏暗的空中搖曳，顯得強勁有力。這家先前可能是幢別墅。

江口用還攥著鑰匙的手，點燃了一根香菸，只抽了一、兩口，就將它掐滅在菸灰缸裡，接著又點燃第二支，慢條斯理地抽。這時他的心境，與其說是在自嘲自己心中的忐忑不安，莫如說是湧上一種討厭的空虛感更加貼切。往常江口臨睡前總要喝點洋酒，不過，睡眠很淺，又常作噩夢。江口讀過一個年紀輕輕就因癌症而死去的歌女的和歌，其中寫到在難眠的夜裡吟了這樣一首歌：「黑夜給我準備的，是蟾蜍、黑犬和溺死者」，江口還牢記不忘。現在他又想起這首和歌來。在鄰室睡著的姑娘，不，應該說是讓人弄睡的姑娘，是不是就像那「溺死者」呢？想到這兒，江口對去鄰室就躊躇不前了。雖然沒有聽說用什麼辦法讓姑娘熟睡，但總而言之，她似乎是陷入不自然的、人事不省的昏睡狀態。所以，比如說她也許吸了毒，是一副肌膚呈混濁的鉛色，眼圈發黑、肋骨凸現、瘦骨嶙峋的模樣，或是一副胖乎乎的全身冰涼的浮腫模樣，也許還是一副露出令人生厭的紫色汙穢的牙齦、呼出輕輕的鼾聲的樣子呢。江口老人在六十七年生涯中，當然經歷過與女人露出醜態邂逅的夜晚。而且這種醜態反而難以忘懷。那不是容貌醜陋的問題，而是女人不幸人生的扭曲所帶來的醜陋。江口覺得自己都這把年紀了，並不想再添加一次與女人的那種醜陋的邂逅。他到這家來，真到要行動的時候，就是這樣想的。然而，還有什麼比一個老人躺在讓人弄得昏睡不醒的姑娘身邊、睡上一夜更醜陋的事呢？江口到這家裡來，難道不正是為了尋覓老醜的極致嗎？

客棧女人說過：「可以放心的客人。」確實，到這家來的，似乎都是些「可以放心的客人」。告訴江口這家情況的，也屬這樣的老人。此人已經完全成為一個非男性的老人了。這個老人似乎認定江口也已經同樣進入耄耋之年的行列。這家女人大概淨同這樣一些老人打交道，因此她對江口，既沒有投以憐憫的目光，也沒有露出試探的神色。不過，精於尋花問柳路數的江口，雖然還不屬於女人所說的「可以放心的客人」，但是只要他想那樣做，自己是可以做得到的。那就要看屆時自己的心情如何、地點怎樣，還要根據對象來決定。在這一點上，他覺得自己已是進入老醜之境，距這家的老齡客人那種悽愴境地亦為期不遠。到這兒來看看，正是這種徵兆的顯露。因此，江口絕不想揭示在這裡的老人們的醜態，或打破那可憐的禁忌。如果想不打破，也是可以不打破的。這裡似乎也可以叫作祕密俱樂部，不過很少老人會員。江口來這裡不是為了揭露俱樂部的罪惡，也不是為了攪亂俱樂部的規矩。自己的好奇心之所以不那麼強烈，正顯示自己已經老得可憐。

「有的客人說，入睡後作了美夢。還有的客人說，想起了年輕時代的往事吶。」江口老人想起剛才那女人說的話，臉上沒有一絲苦笑，他一隻手扶著桌子站起身來，並把通往鄰室的杉木門打開了。

「啊！」

原來是深紅色的天鵝絨窗簾，使江口不由得脫口喊了一聲。由於房間昏暗，那深紅色顯得更深了。而且窗簾前面彷彿有一層微微的亮光，令人感到恍若踏入夢幻之境。房間的四周都垂下帷幔。江口剛穿過的那扇杉木門，本來也是蓋住帷幔的，帷幔的一頭就在這裡被拉開。江口把門鎖上後，一邊把帷幔掩上，一邊俯視著昏睡的姑娘。姑娘並非在裝睡，他確實無疑地聽見了她深深的鼾聲。姑娘那意想不到的美，使老人倒抽了一口氣。意想不到的還不僅僅是姑娘的美，還有姑娘的年輕。姑娘側著身，左手朝下，臉朝這邊側臥著。只見她的臉，卻看不見她的身軀。估計她不到二十歲吧。江口老人覺得自己的另一顆心臟彷彿振翅欲飛。

姑娘的右手腕從被窩裡伸了出來，左手好像在被窩裡斜斜地伸著。她右手的拇指有一半是壓在臉頰的下方，這張睡臉放在枕頭上。熟睡中的手指尖很柔軟，稍微向內彎曲，但是手指的根部有可愛的窪陷，少許彎曲卻不明顯。溫暖的血色從手背流向手指尖，血色愈發濃重。這是一隻滑潤而又白皙的手。

「睡著了嗎？不想起來嗎？」江口老人像是要去撫觸這隻手才這樣說。他終於握住這隻手，輕輕地搖了搖。他知道姑娘是不會睜開眼睛的。江口一直握住她的手，心想她究竟是個怎樣的姑娘呢？江口望了望她的臉。只見她眉毛的化妝也是淡雅的，緊合著的眼睫毛很整齊。他聞到姑娘秀髮的芬芳。

良久，江口聽見洶湧的濤聲，那是因為他的心被姑娘奪去了的緣故。不過，他決意換了裝。這才察覺到房間裡的光線是從上面投射下來的。他抬頭望去，只見天花板上開著兩個天窗，燈光透過日本紙擴散開去。這種光線也許對深紅的天鵝絨色很合適吧，也許在天鵝絨色的映襯下才使姑娘的肌膚顯出夢幻般的美吧，心情激動的江口也開始能冷靜地思索問題了。姑娘的臉色好像不是天鵝絨色映襯出來的。江口的眼睛逐漸適應了這房間裡的光線，對於往常習慣在黑暗中睡覺的江口來說，這房間太亮了，不過，又不能把天花板上的照明關掉。他一眼就瞧見那是一床華美的鴨絨被。

江口輕輕地鑽進了被窩，生怕驚醒本不會醒過來的姑娘。姑娘似乎一絲不掛。而且當老人鑽進被窩的時候，姑娘似乎毫無反應，諸如竦縮胸脯，或抽縮腰部之類的動作。對於一個年輕女子來說，即使多麼熟睡，這種靈敏的條件反射動作總會有的，可是，看樣子她這是非同尋常的睡眠了。這樣，江口反而伸直了身子，像是要避免觸碰姑娘的肌膚似的。姑娘的膝蓋稍微向前彎曲，江口的腿就顯得益發拘束了。左手朝下側身睡著的姑娘，江口即使不看也感覺得到她的右膝不是朝前搭在左膝上的那種防守性姿勢，而是將右膝向後張開、右腿盡量伸直的姿態。

左側身肩膀的角度與腰的角度由於軀體的傾斜而變得不一樣。看樣子姑娘的個子並不高。

江口老人剛才握住姑娘的手並搖了搖，她的手指尖也睡得很熟，一直保持著江口放下時的那種形狀。老人把自己的枕頭抽掉時，姑娘的手就從枕頭的一端掉落了下來。江口將一隻胳膊肘支在枕頭上，一邊凝視著姑娘的手，一邊喃喃自語：「簡直是一隻活手嘛。」活著這個事實當然毋庸置疑，他的喃喃自語，流露出著實可愛的意思。不過，這句話一經脫口，又留下了令人毛骨悚然的弦外之音。被弄成熟睡得不省人事的姑娘，就算不是停止也是喪失了生命的時間，沉入了無底的深淵，難道不是嗎？因為沒有活著的偶人，從而她不可能變成活著的偶人，不過，為了使已經不是個男性的老人感到羞恥而被造成活著的玩具。不，不是玩具。對這樣的一些老人來說，也許那就是生命本身；也許那就是可以放心地去觸摸的生命。在江口的老眼裡，姑娘的手又柔軟又美麗，撫觸它，只覺肌理滑潤，看不見纖細的皮膚紋理。

姑娘的耳垂色澤，與流向指尖愈發濃重的溫暖的血一樣紅。它映入了老人的眼簾。老人透過她的秀髮縫隙窺視了她的耳朵。耳垂的紅色與姑娘的嬌嫩，刺激著老人的心胸。雖說江口出於好奇心的驅動才到這祕密之家，開始感到迷惘，但他捉摸著可能愈衰老的老年人，就愈是帶著強烈的喜悅和悲哀進出這家的。姑娘的秀麗長髮是自然生成的。也許是為了讓老人們撫弄才留長的吧。江口一邊把她的脖頸放在枕頭上，一邊撩起她的秀髮，讓她的耳朵露了出來；皮膚潔白極了。脖頸和肩膀也很嬌嫩。沒有女人圓圓的鼓起的胸脯。老人把視線移開，環視了一下室內，只見自己脫下的衣服放在無蓋箱裡，哪兒也看不見姑娘脫下的衣物。也許是剛才那個女人拿走了，但也說不定姑娘是一絲不掛地進房間裡來的。想到這兒，江口不由得嚇得心裡撲通一跳。姑娘的全身，可以一覽無遺。事到如今，還有什麼可怕的呢。江口雖然明知姑娘就是為了讓人看才被弄得昏睡不醒的，但他還是用被子蓋上姑娘那顯露的肩膀，然後閉上了眼睛。在飄逸著姑娘的芳香中，一股嬰兒的氣味驀地撲鼻而來。這是吃奶嬰兒的乳臭味兒。比姑娘的芳香更甜美更濃重。「不至於吧……」這姑娘不會是生了孩子，奶脹了，乳汁便從乳頭分泌出來吧。江口又重新打量了一番，觀察姑娘的額頭、臉頰，以及從下巴頦到脖頸的十足少女般線條。本來光憑這些就足以判明了，可是他還是稍微掀開被子，窺視了她的肩膀。顯然不是餵過奶的形狀。他用指尖輕輕地撫觸了一下，乳頭根本就沒有濕。再說，就算姑娘不到二十歲，形容她乳臭未乾也不合適，她身上理應早已沒有乳臭的氣味兒。事實上，只有成熟女子的氣味兒。然而江口老人此時此刻，確實嗅到吃奶嬰兒的氣味。莫非這是剎那間的幻覺？他納悶：為什麼會產生這種幻覺？他百思不得其解。也許那是從自己心靈上突然出現的空虛感的縫隙裡，冒出吃奶嬰兒的氣味吧。江口這樣思忖著，不覺地陷入了悲傷的寂寞情緒中。與其說是悲傷或寂寞，不如說是老年人凍結了似的悽愴。而且面對散發著芬芳靠過來的又嬌嫩又溫暖的姑娘，這種悽愴逐漸演變成一種可憐和可愛的情懷。也許這種情懷突然把冷酷的罪惡感掩飾了過去，不過，老人在姑娘身上感受到了音樂的奏鳴。音樂是充滿愛的東西。江口想逃出這個房間，他環視了一下四面的牆壁。然而，四周籠罩在天鵝絨的帷幔中，沒有一個出口。承受著從天花板上投射下來的光線的深紅色天鵝絨十分柔軟，卻紋絲不動。它把昏睡的姑娘和老人閉鎖在裡面了。

「醒醒吧！醒醒吧！」江口抓住姑娘的肩膀搖晃了一下，爾後又讓她的頭抬了起來，對她說：「醒醒吧！醒醒吧！」

江口內心湧起一股對姑娘的感情，才做出這樣的動作。姑娘的昏睡、不說話、不認識老人也聽不見老人的聲音，就是說姑娘這樣不省人事，連對象是江口其人也是全然不曉得的。這一切，使老人愈發忍受不了。他萬沒有想到，姑娘對老人的存在是一無所知。此刻姑娘是不會醒過來的，昏睡姑娘那沉甸甸的脖子枕在老人的手上，她微微顰蹙雙眉，這點使老人覺得姑娘確實是活著。江口輕輕地把手停住。

假如這種程度的搖晃，就能把姑娘給搖醒，那麼，給江口老人介紹這兒的木賀老人所說「活像與祕藏佛像共寢」的所謂這家的祕密，就不成其為祕密了。絕不會醒過來的姑娘，對於冠以「可以放心的客人」的這些老人來說，無疑是一種使人安心的誘惑、冒險和安樂。木賀老人他們曾對江口說：只有在昏睡的姑娘身旁時才感到自己是生機勃勃的。木賀造訪江口家時，從客廳裡望見一個紅色的玩意兒，掉落在庭院的秋天枯萎的蘚苔地上，不禁問道：

「那是什麼？」說著立即下到院子裡去把它撿了起來。原來是常綠樹的紅色果實，稀稀落落地掉個不停。木賀只撿起了一顆，把它夾在指縫間，一邊玩弄著，一邊談這個祕密之家的故事。他說，他忍受不了對衰老的絕望時，就到那家客棧去。

「很早以前，我就對女性十足的女人感到絕望。告訴你吧，有人給我們提供熟睡不醒的姑娘吶。」

熟睡不醒，什麼話也不說、什麼也聽不見的姑娘，對於早已不能作為男性來成為女人的對象的老人來說，她什麼話都會對你說、你說什麼話她都會愛聽嗎？然而，江口老人還是第一次與這樣的姑娘邂逅。姑娘肯定曾多次接觸過這樣的老人。一切任人擺布，一切全然不知，像昏死過去般地沉睡，沉睡得那麼天真無邪，那麼芳香，那麼安詳。也許有的老人把姑娘全身都愛撫過了，也許有的老人自慚形穢地嗚咽大哭。不管是哪種情況，姑娘都全然不知。江口一想到這裡，就什麼也不能做了，連要把手從姑娘的脖頸下抽出來，也是小心翼翼地進行，恍如處置易碎的東西似的；然而，心情還是難以平靜，總想粗暴地把姑娘喚醒。

江口老人的手從姑娘的脖頸下抽出來時，姑娘的臉部緩緩地轉動了一下，肩膀也隨之挪動，變成仰臥了。江口以為姑娘會醒過來，將身子向後退了些。仰躺著的姑娘的鼻子和嘴唇，接受著從天花板上投射下來的光，閃閃發亮，顯得十分稚嫩。姑娘抬起左手放到嘴邊，像是要吸吮食指。江口心想：這可能是她睡覺時的一種毛病吧。不過，她的手只輕輕地碰了一下嘴唇，她的嘴唇鬆弛，牙齒露了出來。原先用鼻子呼吸，現在變成用嘴呼吸，呼吸有些急促。江口以為姑娘呼吸困難。但又不像是痛苦的樣子。由於姑娘的嘴唇鬆弛、微張，臉頰彷彿浮出了微笑。這時拍激著高崖的濤聲又傳到江口的耳邊。從海浪退去的聲音，可以想像高崖下的岩石之大。積存在岩石背後的海水也緊追著退去的海浪遠去了。姑娘用嘴呼吸的氣味，要比用鼻子呼吸的氣味更大些。但是，沒有乳臭味兒。剛才為什麼會忽然聞到乳臭味兒呢？老人覺得不可思議，他想：這可能是自己在姑娘身上還是感受到了成熟的女人味吧。

江口老人現在還有個正在吃奶而散發著乳臭味的外孫。外孫的姿影浮現在他腦海中。他的三個女兒都已出嫁，都生了孩子。他不僅記得外孫們乳臭未乾時的情景，還忘卻不了他抱著仍在吃奶嬰兒時代的女兒們的往事。這些親骨肉在嬰兒時代的乳臭味兒忽然復甦起來，難道這就是在責備江口自己？不，這恐怕是江口愛憐昏睡著的姑娘，而在自己的心靈裡散發出來的氣味吧。江口自己也仰躺著，不去碰觸姑娘的任何地方，就合上了眼睛。他想還是把放在枕邊的安眠藥吃了吧。這些安眠藥肯定不會像讓姑娘服用的那麼強烈。自己肯定會比姑娘早醒過來。不然，這家的祕密和魅惑，不就整個都崩潰了嗎。江口把枕邊的紙包打開，裡面裝有兩粒白色的藥片。吃一粒就昏昏然，似睡非睡。吃兩粒就會睡得像死了一樣。江口心想：果真這樣，不是很好嗎？江口望著藥片，有關令人討厭的乳臭回想和令人狂亂的往事追憶又浮現了出來。

「乳臭味呀，是乳臭味嘛。這是嬰兒的氣味啊！」正在拾掇江口脫下的外衣的女人勃然變了臉色，用眼睛瞪著江口說，「是你家的嬰兒吧。你出門前抱過嬰兒吧，對不對？」

女人哆哆嗦嗦地抖動著手又說：「啊！討厭！討厭！」旋即站起身來，把江口的西服扔了過來。「真討厭！出門之前幹麼要抱嬰兒呢。」她的聲音駭人，面目更可怕。這女人是江口熟悉的一個藝妓。她雖然明知江口有妻小，但江口身上沾染的嬰兒乳臭味兒，竟引她泛起如此強烈的嫌惡感，燃起如此妒忌之火。從此以後，江口與藝妓之間的感情就產生了隔閡。

這藝妓所討厭的氣味，正是江口的小女兒所生的吃奶嬰兒傳給他的乳臭味。江口在結婚前也曾有過情人。由於妻管嚴，偶爾與情人幽會，情感就格外激越。有一回，江口剛把臉移開，就發現她的奶頭周圍滲出薄薄的一層血。江口大吃一驚，但他卻裝得若無其事的樣子，這回他則溫柔地把臉湊了上去，將血吸吮乾淨。昏睡不醒的姑娘，全然不曉得有這樣的一些事。這是經過一陣狂亂之後發生的事，江口就算對姑娘說了，她也並不感到疼痛。

如今兩種回憶都浮現了出來，真是不可思議。那已是遙遠的往事了。這種回憶是潛藏著的，所以突然感受到的乳臭味兒，不可能是從這裡熟睡著的姑娘身上散發出來的。雖說這已經是遙遠的往事，但試想一想，人的記憶、回憶，也許唯有舊與新的區別，而難以用真正的遠近來區別吧。六十年前幼年時代的往事，也許比昨天發生的事記得更清晰、鮮明、栩栩如生。老來尤其是這樣，難道不是嗎？再說，幼年時代發生的事，往往能塑造這個人的性格，引導他的一生，不是嗎？說來也許是樁無聊的事，不過，第一次教會江口「男人的嘴唇可以使女人身體的幾乎所有部位出血」的，就是那個乳頭周圍滲出血的姑娘。雖然在這個姑娘之後，江口反而避免使女人滲出血來，但是他覺得這個姑娘給他送來了一件禮物，那就是加強了這個男人的一生，他的這種思緒直到年滿六十七歲的今天，依然沒有消失。

也許這是一件更加無聊的事：江口年輕的時候，曾有某大公司的董事長夫人——人到中年的夫人、風傳是位「賢夫人」的夫人，又是社交廣泛的夫人——對他說：「晚上，我臨睡前，合上雙眼，掰指數數有多少男人跟我接吻而不使我生厭的。我快樂得很，如果少於十個，那就太寂寞啦。」

說這話時，夫人正與江口跳華爾滋。夫人突然做了這番坦白，讓江口聽起來彷彿自己就是她所說的、即使接吻也不使她生厭的男人中的一個，於是年輕的江口猝然把握住夫人的手放鬆了。

「我只是數數而已……」夫人漫不經心地說，「你年輕，不會有什麼寂寞得睡不著的事吧。如果有，只要把太太拉過來就了事。不過，偶爾也不妨試試嘛，有時我也會對人有好處的。」夫人的話聲，毋寧說是乾燥無味的。江口沒有什麼回應。夫人說：「只是數數而已。」然而江口不由得懷疑她可能一邊數數，一邊想像著那男人的臉和軀體，而要數到十個，得費相當時間去想入非非吧。江口感受到最好年華剛過的夫人那股迷魂藥般的香水味，驟然間濃烈地撲鼻而來。作為夫人，睡覺前數到的跟她接吻而不使她生厭的男人，她如何想像江口，那是純屬夫人的祕密和自由，與江口無關，江口無法防止，也無從抱怨，然而一想到自己在全然不知的情況下，成為中年女人內心中的玩物，不免感到齷齪。夫人所說的話，他至今也沒有忘卻。後來，他也曾經懷疑，說不定那些話是夫人為了不露痕跡地挑逗年輕的自己，或是試圖徒然調戲自己而編造出來的呢。此後不知過了多少年，腦子裡只留下夫人的話語。如今夫人早已過世，江口老人也不再懷疑她的話。那位賢夫人臨死前會不會還帶著「一生中不知跟幾百個男人接吻」的幻想呢。

江口已日漸衰老，在難以成眠的夜裡，偶爾想起夫人的話，也掰指掐算女人的數目。不過，他的思緒不輕易停留在掐算與之接吻也不生厭的女人身上，而往往容易去追尋那些與他有過交情的女人的往事回憶。今夜由昏睡的姑娘所誘發的乳臭味的幻覺，使他想起了昔日的情人。也許因為昔日情人乳頭的血，才使他突然聞到這姑娘身上根本不可能散發出來的乳臭味。一邊撫摩著昏睡不醒的美人，一邊沉湎在一去不復返的、對昔日女人們的追憶中。也許這是老人的可憐的慰藉。不過，江口雖形似寂寞，內心卻感到溫馨和平靜。江口只撫摩了姑娘的胸脯看看是否被濡濕了，他內心沒有湧起那股瘋狂念頭，也沒有想讓後於自己醒來的姑娘看見自己的乳頭滲出血而感到害怕。姑娘的乳房形狀很美，但是老人卻想著另一個問題：在所有的動物中，為什麼只有女人的乳房形狀，經過漫長的歷史演變而漸臻完美呢？使女人的乳房漸臻完美，難道不是人類歷史的輝煌榮光嗎？

女人的嘴唇大概也一樣。江口老人想起有的女人睡覺前化妝，有的女人睡覺前則卸妝，有的女人在抹掉口紅後，嘴唇的色澤就變得黯然無光，露出萎縮的混濁來。此刻自己身邊熟睡著的姑娘的臉，在天花板上的柔和燈光照耀下，加上四周天鵝絨的映襯，雖然無法辨明她是否化過淡妝，但她沒有讓眼睫毛翹起倒是確實的。張嘴露出的牙齒閃爍著純真的亮澤。這姑娘不可能具備這樣的技巧，比如睡覺時嘴裡含著香料，卻散發著年輕女人從嘴呼出的芳香。江口不喜歡色濃而豐厚的乳暈，卻輕輕地掀開掩蓋住肩膀的被子，看到它似乎還很嬌小，呈桃紅色。由於姑娘是仰躺著的，所以接吻時可以把胸脯緊貼著她。她不是即使接吻也不生厭的女人。豈止如此，江口覺得像他這樣的老人能與這般年輕的姑娘度過這樣的時刻，不論付出多大的代價也是值得的，哪怕把一切都賭上也在所不惜。江口還想：恐怕到這裡來的老人也都是沉湎在愉悅之中的吧。老人中似乎也有貪婪者，江口的腦海裡也不是沒有閃過那種貪婪無度的念頭。但是，姑娘熟睡著，她什麼都不知道，所以那時她的容貌，會不會也像此時此地所看到的那樣，既不齷齪，也不變形呢？江口之所以沒有陷入惡魔般醜陋的放蕩，那是因為熟睡不醒的姑娘的睡姿著實太美的緣故。江口與其他老人不同，是不是因為江口還保留著一個男子漢的舉止呢？姑娘就是因為那些老人才不得不讓人弄得昏睡不醒。江口老人已經兩次試圖把姑娘喚醒，儘管動作很輕。萬一有個差錯，姑娘真的醒來，老人打算怎麼辦呢？他自己也不知道。不過，這可能是出於對姑娘的愛吧。不，也許是出於老人自身的空虛和恐懼。

「她是在睡嗎？」老人意識到大可不必喃喃自語，可自己卻已叨嘮了出來，便補充了一句：「是不會永遠睡下去的。姑娘也罷，我也罷……」姑娘就是在非同往常的今晚，也一如平日，是為了明早活著醒來才閉上眼睛的。姑娘把食指放在唇邊，彎曲的胳膊肘顯得礙事。江口握住姑娘的手腕，將她的手伸直放在她的側腹處。這時正好觸到姑娘手腕的脈搏，江口就勢用食指和中指按住姑娘的脈搏。脈搏很可愛地、有規律地跳動。她睡眠中的呼吸很安穩，比江口的呼吸稍緩慢些。風一陣陣地從房頂上掠過，但風聲不像剛才那樣給人一種冬之將至的感覺。拍擊懸崖的浪濤聲依然洶湧澎湃，然而聽起來卻覺得它變得柔和了。浪濤的餘韻就像從海上飄來的姑娘體內奏鳴的音樂，其中彷彿夾雜著姑娘手腕的脈搏以及心臟的跳動。老人恍若看到潔白的蝴蝶，和著音樂，從老人的眼簾裡翩翩起舞。江口把按住姑娘脈搏的手鬆開，這樣，就沒有撫觸姑娘的任何部位。姑娘嘴裡的氣味、身體的氣味、頭髮的氣味都不很強烈。

江口老人又想起與那乳頭周圍曾滲出血的情人，從北陸繞道私奔到京都那幾天的情景來。現在能如此清晰地回想起那些往事，也許是因為隱約感受到了這位純真姑娘體內的溫馨。從北陸去京都的鐵路沿線上有許多小隧道。火車每次鑽進隧道的時候，姑娘可能因為害怕而驚醒過來，靠到江口的膝上，握住他的手。火車一鑽出小隧道，每每看到一道彩虹掛在小山上或掛在海灣的上空：「啊！真可愛！」「啊！真美！」每看到小小的彩虹，姑娘都會揚聲讚嘆。可以說，火車每次鑽出隧道，她都左顧右盼地尋找彩虹，也就能尋找到。彩虹的顏色淺淺淡淡的重環，若隱若現，模糊不清，令人感到不可思議。她覺得這是不吉利的兆頭。

「我們會不會被人追上呢？一到京都，很可能就被人抓住，一旦送回去，就再也不能從家裡跑出來啦。」江口明白，自己大學畢業後剛就職，無法在京都謀生，除非雙雙殉情，不然，早晚還得回到東京。江口的眼裡又浮現出那姑娘觀看淡淡彩虹的情景，以及姑娘那美麗的祕密的地方，這幻影總也拂它不去。江口記得那是在金澤的河邊一家旅館裡看到的。那是一個細雪紛飛的夜晚。年輕的江口為那美麗倒抽了一口氣，感動得幾乎流下眼淚。此後的幾十年裡，在他所見過的女人身上，再也沒有看到那種美了。他愈發懂得那種美，逐漸意識到那祕密的地方的美，就是那姑娘的心靈美，即使有時他也揶揄自己「淨想那些傻事」，但那憧憬卻逐漸變成真實，成為這老人至今仍不可能抹掉的強烈回憶。在京都，姑娘被她家派來的人帶回家後，不久，就讓她出嫁了。

偶然在上野的不忍池畔與那姑娘邂逅，姑娘是揹著嬰兒走來的。嬰兒戴著一頂白色的毛線帽。那是不忍池的荷花枯萎的季節。今天夜裡，江口躺在熟睡姑娘的身邊，眼簾裡浮現出翩翩飛舞的白蝴蝶，說不定是因為想起那嬰兒的白帽子吶。

在不忍池畔相會時，江口只問了她一句話：「妳幸福嗎？」「嗳，幸福。」姑娘猛地回答。她也只能這樣回答吧。「為什麼一個人揹著嬰兒在這種地方漫步呢？」姑娘對這滑稽的提問，緘口不語，望了望江口的臉。

「是男孩兒還是女孩兒？」

「瞧你問的！是女孩兒，看不出來嗎？」

「這個嬰兒，是我的孩子吧？」

「啊！不是，不是的！」姑娘怒形於色，搖了搖頭。

「是嗎。如果這是我的孩子，現在不告訴我也沒關係，幾十年後也可以，等妳想說的時候，再告訴我吧。」

「不是你的，真的不是你的孩子。我不會忘記曾經愛過你，但請你不要懷疑到這孩子身上。這樣會攪擾孩子的。」

「是嗎。」江口沒有硬要看看孩子的臉，卻一直目送著這女人的背影，女人走了一段路，曾一度回過頭來。她知道江口還在目送她，就加快腳步匆匆離去。此後就再也沒有見面。江口後來聽說，十多年前，這女人就已辭世。六十七歲的江口，親戚摯友作古的也為數不少，然而惟獨這姑娘的回憶最鮮明。嬰兒的白帽子和姑娘祕密地方的美，以及她那乳首四周滲出來的血摻雜在一起，至今還記憶猶新。這種美是無與倫比的。這一點，在這個世界上除了江口之外，恐怕就沒有別人知道了。江口老人心想，自己距死亡已不遙遠，自己將完全從這個世界上消失。那姑娘雖然很靦腆，但還是坦誠地讓江口看了。也許這是姑娘的性格，不過姑娘肯定不會知道自己那地方的美。因為姑娘看不見。

江口和這姑娘到達京都後，一大早就漫步在竹林道上。竹葉在晨光的照射下，閃爍著銀色的亮光，隨風搖曳。上了年紀，回想起來，直覺得那竹葉又薄又軟，簡直就是銀葉，連竹竿也像是銀做的。竹林一側的田埂上，開著大薊和鴨跖草花。從季節上說，似乎不合時宜，但是這樣一條路卻浮現了出來。過了竹林道，沿著清溪溯上走去，只見一道瀑布滔滔地傾瀉下來，在日光的照耀下，濺起金光閃閃的水花。水花中站著一個裸體姑娘。雖然實際上不會有這種事，可是不知從什麼時候起，這種情況竟留在江口老人的記憶裡。上了年紀之後，有時看到京都附近小山上一片優美的赤松樹幹，就會喚回對這個姑娘的記憶。但是很少像今夜回憶得那樣清晰。難道這是由於受到熟睡姑娘的青春所誘惑嗎？

江口老人睜大光亮的眼睛，毫無睡意。除了回憶眺望淡淡彩虹的姑娘以外，他不想再回憶別的女人，也不想撫摸或露骨地看遍熟睡著的姑娘。他俯臥著，又把放在枕頭下面的紙包打開。這家女人說是安眠藥，但究竟是什麼藥呢？與讓這姑娘吃的藥是不是一樣的呢？江口有點躊躇，只拿了一片放進嘴裡，然後喝了許多水。他慣於睡覺前喝點酒，大概是平素沒有服用過安眠藥，吃下去很快就進入夢鄉。老人作了夢。夢見被一個女人緊緊地抱住。這個女人有四條腿，她用這四條腿纏繞著他。另外還有胳膊。江口朦朧地睜開眼，覺得四條腿好不奇怪，但並不覺得可怕，反而覺得比兩條腿對自己的誘惑力更強。他精神恍惚，心想：吃這藥就是讓你作這種夢的吧。這時，姑娘背朝著他翻了一個身，她的腰部頂著他。江口覺得比腰部更重要的是她的頭轉向了另一邊，似乎怪可憐的。他在似睡非睡的甜美中，把手指伸到姑娘披散的長髮裡，為她梳理似的，又進入了夢境。

第二次作的夢，是個實在令人討厭的夢。在醫院的產房裡，江口的女兒生下了一個畸形兒。究竟畸形成什麼樣子，老人醒來後也記不清了。之所以沒有把它記住，大概是因為不願意記的緣故吧。總之，是很嚴重的畸形。產婦立即將嬰兒藏了起來。然而，站在產房內白色窗簾的後面的產婦，正把嬰兒剁碎，為的是把它拋棄。醫生是江口的友人，他穿著白色的衣服站在一邊。江口也站在那裡觀看。於是就像被夢魘住，驚醒了過來，這回是清清楚楚的。他對於把四周都圍起的深紅色天鵝絨帷幔，感到毛骨悚然。他用雙手捂著臉，揉了揉額頭。這是一場多麼可怕的噩夢。這家的安眠藥裡，不至於潛藏著惡魔吧。難道這是由於為尋求畸形的快樂而來、為作畸形快樂的夢而來的嗎？江口老人不知道自己的三個女兒中，哪個女兒是夢中所見的；不過，不論哪個女兒，他連想都沒想過會那樣，因為她們三個生下來時都是身心健全的嬰兒。

江口本想現在如果能夠起床，他也是會希望回家的。但是為了睡得更沉，江口老人把枕頭下面剩下的另一片安眠藥也服用了。開水通過了食道。熟睡的姑娘依然背向著他。江口老人心想：這個姑娘將來也未必不會生下這麼愚蠢的、這麼醜陋的孩子。想到這兒，江口老人不由得把手搭在姑娘那鬆軟的肩膀上，說：「轉過身來，朝著我嘛。」姑娘彷彿聽見了似的，轉過身來，並且出乎意外地將一隻手搭在江口的胸脯上，像是冷得發抖那樣把腿也湊了過來。這個溫馨的姑娘怎麼可能冷呢。姑娘不知是從嘴裡，還是從鼻孔裡發出了細微的聲音：

「你不是也在作噩夢嗎？」

但是，江口老人早已沉睡了。

二

江口老人根本沒有想到會再度來到「睡美人」之家，至少初次到這裡來的時候就沒想過還要來。就是翌日早晨起床回家的時候也是。

江口給這家掛電話詢問：「今天夜裡我可以去嗎？」這是距初次去的半個月以後的事。從對方接話人的聲音來看，似乎還是那個四十來歲的女人，電話是從一個寂靜的地方傳來的，聽起來聲音又冷淡又低沉。

「您說現在就來，那麼約莫幾點鐘才能達到這裡呢？」

「是啊，大概九點過後吧。」

「這麼早來不好辦呀。因為對方還沒有來，即使來了也還沒有熟睡吶……」

「……」老人不禁嚇了一跳。

「我會讓她在十一點以前睡覺，那個時候您再來吧，我們等著您。」女人說話的語調慢條斯理，可是老人心中卻已迫不及待，「好，就那時去。」他回答，聲音乾枯乏味。

江口本想以半開玩笑的口吻說：「姑娘還沒睡不是挺好嗎，我還想在她睡前見見她呢。」儘管這不是真心話，可是這話堵在喉嚨裡沒說出來。說出來就會冒犯這家的祕密戒律了。這是一條奇異的戒律，必須嚴格遵守。因為這條戒律，哪怕遭到一次破壞，這家就會成為無異於常見的娼家，這些老人的可憐願望、誘惑人的夢也都將消失得一乾二淨。江口聽到電話裡說晚上九點太早，姑娘還沒有睡，十一點鐘以前會讓她睡的，心中突然震顫著一股熱烈的魅惑，這點連他自己也完全沒有料到。這可能是一種突然受到誘惑的驚愕，這誘惑把自己帶到日常的現實人生之外的另一個世界。因為姑娘熟睡後絕不會醒過來的緣故。

本以為不會再來，但半個月後又決定要到這家來。對江口老人來說，這種決定是太早還是太晚呢？總之，他也並不是不斷地硬把誘惑按捺下去，毋寧說他無意去重複那種老醜的遊戲，再說江口也還不像其他到這家來的老人們那樣衰老。但是，初次造訪這家的那天夜裡，留下的並不是醜陋的記憶。即便這顯然是一種罪過，然而，江口甚至感到：自己過去六十七年的歲月裡，還未曾有過像那天夜裡、與那個姑娘過得如此清純。早晨醒來也是這樣。好像是安眠藥的影響，上午八點才醒，比平時晚。老人的身體根本沒有與姑娘接觸。在姑娘青春的溫馨與柔和的芳香中醒來，猶如幼兒般甜美。

姑娘面向老人而睡，頭部稍向前伸，胸脯則向後縮，因此可以看到姑娘嬌嫩、修長的脖頸與下巴下方，隱約浮現出青筋。長長的秀髮披散及至枕後。江口老人把視線從姑娘那美妙地合攏著的嘴唇，移到姑娘的眼睫毛和眉毛，一邊觀賞一邊確信姑娘還是個處女。江口把老花眼湊得太近，以致無法將姑娘的眼睫毛和眉毛一根根地看清楚。老花眼也看不見姑娘的汗毛，只覺姑娘的肌膚光滑柔嫩。從臉部到脖頸，一顆黑痣都沒有。老人忘卻了夜半所作的噩夢，一味感到姑娘可愛極了，情思到了這份上，便覺有股暖流湧上心頭，自己彷彿變成了一個備受姑娘愛護的幼兒。探索著姑娘的胸脯，掌心輕輕地撫觸它。它就像江口母親身懷江口前的乳房，閃現一股不可名狀的觸感。老人雖然把手收了回來，可是這種觸感從手腕直竄到肩膀上。

傳來了打開隔壁房間隔扇的聲音。

「起來了嗎？」這家女人招呼說。「早餐已經準備好了……」

「噢。」江口應聲答道。朝陽透過木板套窗的縫隙投射進來的光線，把天鵝絨帷幔照亮。然而房間裡，卻感覺不到晨光與從天花板上投下的微弱燈光交織。

「可以拾掇房間了吧。」女人催促說。

「哦。」

江口支起一隻胳膊，一邊悄悄地脫身，並用另一隻手輕輕地撫摩姑娘的秀髮。老人知道女人要趁姑娘未醒之前，先把客人叫醒。女人有條不紊地伺候著客人用早餐。她讓姑娘睡到什麼時候呢？可是又不能多問，江口漫不經心地說：

「真是個可愛的姑娘啊！」

「是啊，作好夢了嗎？」

「妳讓我作了好夢。」

「今早風平浪靜，可以說是個小陽春天氣吧。」女人把話題岔開。

事隔半個月後再度到這家來的江口老人，不像初次來時那樣滿懷好奇心，他的心靈被一種強烈的愧疚感攫獲了。從九點等到十一點，開始焦躁，進而變成一種困惑人的誘惑。

打開門鎖迎他進來的，也是先前的那個女人。壁龕裡依然掛著那幅複製畫。茶的味道也同前次一樣，清香可口。江口的心情雖然比初到之夜更為激動，卻像熟客似的坐在那裡。他回頭望著那幅紅葉盡染的山村風景畫。

「這一帶很暖和，所以紅葉無法紅盡，就枯萎了。庭院昏暗，看不大清楚……」他淨說些錯話。

「是嗎？」女人心不在焉地回答。「天氣逐漸變冷，已備好電毛毯子，是雙人用的，有兩個開關，客人可以按照自己喜歡的溫度自行調節。」

「我沒有使用過電毛毯子。」

「如果您不愛用，可以把您那邊的開關關掉，但姑娘那邊的請一定要開著，不然……」老人明白她言外之意，因為姑娘身上一絲不掛。

「一張毛毯子，兩人可以按照各自喜歡的溫度自行調節，這種設計很有意思。」

「這是美國貨……不過，請不要使壞，不要把姑娘那邊的開關關掉。不管多麼冷，姑娘也不會醒，這點您是知道的。」

「……」

「今晚的姑娘比上次的更成熟。」

「啊？」

「這也是個標致的姑娘。她不會胡來的，要不是漂亮的姑娘……」

「不是上次的那個姑娘嗎？」

「哎，今晚的姑娘……換一個不是挺好嗎？」

「我不是這種風流人物。」

「風流？……您說的風流韻事，您不是什麼也沒有做嗎？」女人那緩慢的語調裡，似乎帶有幾分輕蔑的冷笑。「到這裡來的客人，誰都不會做什麼的。來的都是些可以放心的客人。」薄嘴唇的女人不看老人的臉。江口覺著難堪得幾乎發抖，可又不知說些什麼才好。對方只不過是個冷血的、老練的鴇母，難道不是嗎？

「再說，即使您認為是風流，可是姑娘熟睡了，根本就不知道與誰共寢。上次的姑娘也罷、今晚的姑娘也罷，全然不知道您是誰，所以談不上什麼風流不風流……」

「有道理，因為這不是人與人之間的交往。」

「為什麼呢？」

來到這家之後，又把一個已經變成非男性的老人與一個讓人弄得熟睡不醒的姑娘的交往，說成是什麼「不是人與人之間的交往」，未免可笑。

「您不是也可以風流一下嗎？」女人用稚嫩的聲音說罷，奇妙地笑了，彷彿要讓老人緩和下來。「如果您那麼喜歡上次那個姑娘，等下次您來的時候，我讓她陪您一起睡。不過，以後您又會說還是今晚的姑娘好喲。」

「是嗎？你說她成熟，怎麼個成熟法？她熟睡不醒嘛。」

「這個嘛……」

女人站起身來，走去把鄰室的房門鎖打開，探頭望了望裡面，然後把那房門鑰匙放在江口老人面前，說：「請歇息吧。」

剩下江口一人時，他端起鐵壺往小茶壺裡倒開水，慢慢地喝煎茶。本想慢慢地喝，可是手上的茶碗竟顫抖起來。不是年齡的關係，唔，我可能還不是可以放心的客人，江口自言自語著。我能不能替那些到這裡來而遭到汙衊和蒙受屈辱的老人報仇呢，不妨打破一下這家的戒律如何？對姑娘來說，這樣做難道不是一種更有人情味的交往嗎？雖然不知道他們給姑娘服了多麼強烈的安眠藥，但是自己身上可能還有足以使姑娘醒過來的男人的粗野吧。江口老人儘管做了各種設想，內心裡卻抖擻不起這股精神來。

再過幾年，那些到這裡來尋求某種樂趣的可憐老人，他們那種醜陋的衰老將走近江口。江口以往的六十七年人生中，在性不可估量的廣度和性的無底深淵裡，究竟接觸過它多少次呢？而且在老人們的周圍，女人新的肌體、年輕的肌體、標致的肌體不斷地誕生。可憐的老人們未竟夢中的憧憬、對無法挽回的流失歲月的追悔，難道不是都包括在這祕密之家的罪惡中嗎？江口以前也曾想過，熟睡不醒的姑娘帶給老人們的正是沒有年齡區別的自由吧。熟睡不語的姑娘，說不定會投其所好地與老人們搭話呢。

江口站起身來，打開了隔壁房間的門，一股溫馨的氣息撲面而來。該微笑了。有什麼可想不開的呢？姑娘仰躺著，雙手伸出來，放在被面上，指甲染成桃紅色。口紅塗得很濃。

「是成熟的嗎？」江口喃喃自語地走了過去，只見姑娘不僅雙頰緋紅，由於電毛毯的溫暖，她滿臉都通紅了。香味濃重。上眼皮有點鼓起，雙頰非常豐滿。在紅色天鵝絨帷幔的映襯下，脖頸顯得格外潔白。從她閉眼的姿態來看，儼然是熟睡中的一個年輕妖婦。江口距她稍遠點的地方，背向著她更衣時，姑娘溫馨的氣息不斷地飄了過來，充滿整個房間。

江口老人不再像對待上次那個姑娘那樣含蓄了。他甚至想：不論這姑娘是醒著還是睡著，她都是主動引誘男人的。就算江口打破了這家的戒律，也只能認為是姑娘造成的。江口閉目凝神，彷彿在想像即將享受到的快樂。光憑這點，就足以使他內心底裡湧起一股暖流，頓覺精神煥發。客棧的女人說，今晚的姑娘更好。客棧的女人怎麼能找到這樣的姑娘呢，老人愈發感到這家客棧特別奇怪。老人真捨不得去觸碰姑娘，而沉醉在芬芳之中。江口不太懂得香水，他覺得姑娘身上的芳香無疑是她本身的芳香味。如果能這樣甜美地進入夢鄉，那就再幸福不過了。他甚至很想體驗體驗。於是他輕輕地把身子靠了過去，姑娘似乎有所感應，柔軟地翻過身來，把手伸進被窩裡，彷彿要摟住江口。

「啊，妳醒了？醒了嗎。」江口向後退縮，搖晃了一下姑娘的下巴頦。在搖晃下巴頦時，江口老人的手指尖大概多使了點勁吧，姑娘躲開似的把臉趴到枕頭上，嘴角有點張開，江口的食指尖碰到了姑娘的一、兩顆牙齒。江口沒有把手指收回，一動不動。姑娘的嘴唇也沒有蠕動。姑娘當然不是裝睡，而是睡得很深沉。

江口沒有想到上次的姑娘與今晚的姑娘不同，雖然無意中埋怨了客棧的女人，現在也沒有必要去想它，這樣連夜利用藥物讓姑娘熟睡不醒，一定損害姑娘的身體吧。也可以認為正是姑娘們的健康，激起江口等這些老人的「風流」。然而，這家的二樓不是只能容納一個客人嗎？樓下的情況如何，江口不得而知，不過，就算有可供客人使用的房間，充其量也只有一間吧。由此看來，在這裡陪伴老人的熟睡姑娘並不太多。江口第一夜和今夜邂逅的姑娘，都是這幾個各有姿色的姑娘吧？

江口的手指觸碰到姑娘的牙齒，那上面僅有黏液濡濕了手指。老人的食指摩挲著姑娘的成排牙齒，在雙唇之間探索。來回兩、三次地觸摸。嘴唇本來有點乾燥，嘴裡流出的黏液使它變得光潤了。右側有顆齙牙。江口又用拇指捏了捏那顆齙牙，然後想將手指伸進她的口腔裡。可是，姑娘雖然熟睡了，上下兩排牙齒倒是合得嚴嚴實實的。江口將手收了回來，手指上沾有口紅的痕跡。用什麼東西把口紅抹去呢？如果把它蹭在枕罩上，當做姑娘趴著睡時蹭下的，這也可以交代得過去吧。可是，在蹭之前，不舔一舔手指，上面的汙漬就蹭不掉。說也奇怪，江口總覺得把沾有紅漬的手指尖放進嘴裡舔很髒。老人將這隻手指在姑娘的額前髮上蹭了蹭。他用姑娘的頭髮不斷地揩拭食指和拇指尖的時候，他的五個手指不由得撫弄起姑娘的秀髮來。老人把手指插入姑娘的秀髮裡，不大一會兒就把姑娘的秀髮弄得零零亂亂，動作也愈來愈粗暴了。姑娘的髮尖劈劈啪啪地放出靜電，傳到老人的手指上。秀髮的香味愈發濃烈。可能由於有電毛毯子的溫熱，姑娘從身底下傳出來的氣味愈發濃重了。江口變換著各種手勢在玩弄姑娘的秀髮。他看到她的髮際，特別是修長脖頸的髮際，恍若描繪般地鮮豔而美麗。姑娘把腦後的頭髮向上梳攏成短髮型。額前的秀髮長短有致地垂了下來，形成自然的形狀。老人把她額前的秀髮撂了上去，望著姑娘的眉毛和眼睫毛。他用另一隻手的手指深深地探入姑娘的頭髮裡，直到觸及頭皮。

「還是沒有醒。」江口老人說著抓住姑娘的頭，搖晃了一下，姑娘覺得痛苦似的皺了皺眉頭，半翻過身子俯臥著。這樣一來，就把身子靠近了老人這邊。姑娘伸出兩隻胳膊，右胳膊放在枕頭上，右臉頰壓在右手背上。這姿勢使得江口只看見這隻手的手指。眼睫毛下方有小指，食指從嘴唇下方露了出來。手一點點地張開。拇指藏在下巴頦下。稍稍向下的嘴唇的紅色與四隻手指的長指甲上的紅色，聚集在潔白的枕罩上。姑娘的左胳膊肘彎曲著，幾乎整個手背都放在江口的眼下。姑娘的臉頰豐滿，手指卻很細長，這使老人聯想到她那雙一直伸長的腳。老人用腳掌去探摸姑娘的腳。姑娘左手也舒適地張開了五指。江口老人把一邊臉頰壓在姑娘的這隻手背上。姑娘感受到它的分量，連肩膀都動了動。但是，她無力把手抽出來。老人的臉頰久久地壓在那上面，紋絲不動。由於姑娘的兩隻胳膊都伸了出來，肩膀也少許抬起，肩膀頂端鼓起青春的圓狀肌肉。江口把毛毯子往肩膀上拉，同時用掌心柔和地撫摩著勻圓的肩頭。摩挲嘴唇並順著手背向胳膊移動。姑娘肩膀的芬芳、脖頸的芳香，實在誘人。姑娘的肩膀直到背部本是緊縮著的，但很快就放鬆了。這體態把老人吸引住了。

此時江口就是為了蒙受輕蔑和屈辱的老人們，前來這裡，在這個被弄得昏睡不醒的女奴隸身上進行報仇，要破壞這裡的戒律。他知道他再也不能到這家來了。毋寧說，江口就是為了把姑娘弄醒，才用了粗暴的動作。然而，江口立即又被真正少女的象徵阻擋住了。

「啊！」他驚叫一聲，鬆開了手。他呼吸急促，心怦怦地跳動。與其說是突然停住了動作，莫如說受驚的成分更大些。老人閉上眼睛，使自己鎮靜下來。他與年輕人不同，要鎮靜下來並不困難。江口一邊輕輕地撫摩姑娘的秀髮，一邊睜開了眼睛。姑娘依然保持著俯臥的姿勢。如此青春妙齡，竟是個雛妓。她無疑是個娼妓，難道不是嗎？一想到這兒，猶如一場暴風雨過後，老人對姑娘的感情、對自己的感情，整個都發生了變化，再也恢復不了原樣了。他毫不惋惜。對一個熟睡而毫無所知的女人，無論施展什麼伎倆，也只不過是一種無聊罷了。但是那個突然襲來的驚愕，究竟是什麼呢？

江口受了姑娘那妖婦般姿色的誘惑，對她做出了錯誤的行為；然而，他轉念又想：到這裡來的老人們不都是帶著遠比自己所想像更加可憐的愉悅、強烈的飢渴與深刻的悲哀嗎？就算這是老後的一種輕鬆玩樂、一種簡便的返老還童，但在它的深層，恐怕還潛藏著一種追悔莫及的、焦躁也難以治癒的東西吧。所謂「成熟」的今夜妖婦，依然還是個處女，與其說是老人們的自重和堅守誓約，不如說是確鑿無疑地象徵著他們的淒涼衰老。彷彿姑娘的純潔，反而映襯出老人們的醜陋。

姑娘墊在右臉頰下的手，可能開始發麻了，她把手舉到頭上，兩、三次緩慢地彎曲或伸張手指。觸碰到正在撫弄頭髮的江口的手。江口抓住她的手。手有點涼，手指很柔軟。老人使勁彷彿要把它攥壞似的。姑娘抬起左肩膀，翻了半邊身，舉起左胳膊往空中一劃，彷彿要摟住江口的脖頸；但這隻胳膊軟弱無力，沒有纏住江口的脖子。姑娘的睡臉面向江口，靠得太近，江口的老眼都看花了。眉毛畫得過於濃重，還有假眼睫毛投下過黑的陰影，眼簾和稍鼓的雙頰、修長的脖子，依然是第一眼看到她時的那個印象——是個妖婦。乳房稍微下垂，卻十分豐滿，作為日本姑娘來說，乳暈顯得較大且鼓起。老人順著姑娘的脊樑骨一直摩挲到腳。腰部以下肌肉長得非常結實。上下身顯得不很協調。也許因為她是處女的緣故吧。

此時，江口老人已經能夠心平氣和地凝望著姑娘的臉和脖頸。在天鵝絨帷幔紅色隱約的映襯下，姑娘的肌膚與它顯得很協調。誠如這家女人所說，姑娘很「成熟」，儘管幾經老人們的玩弄，但她還是個處女。這說明老人已衰頹，同時也表明姑娘讓人弄昏睡得多麼深沉。這個妖婦般的姑娘，今後將會度過怎麼千變萬化的一生呢？江口驀地湧起一股類似天下父母心的憂思來。這也證明江口已經老了。姑娘肯定是為了錢才睡在這兒的。但是，對於付錢的老人們來說，能夠躺在這樣的姑娘身邊，無疑是享受一種非人世間的快樂。由於姑娘絕不會醒來，老年客人無須為自己的耄耋而感自卑羞愧，還可以展開追憶與幻想的翅膀，在女人的世界裡無限自由地翱翔吧。不惜付出比醒著的女人更高的價錢，其原因也在於此吧？熟睡不醒的姑娘，不知道老人是誰，這也使老人感到放心吧。老人方面對姑娘的生活狀況和人品如何也一無所知。再說，也沒有任何線索可以感受到這些情況，就連姑娘平素穿什麼衣服也不知道。對於老人們來說，恐怕不只是為了使老人免去事後的煩惱這樣簡單的原因吧。其原因也許就像黑暗的無底深淵裡一束奇怪的亮光。

然而，江口老人不習慣與不說話的姑娘、不睜眼看人的姑娘，也就是根本不知道江口這個人是誰的姑娘交往，所以無法消除內心的空虛和不足。他想看看這個妖婦般姑娘的眼睛，想聽她的聲音，聽她說話。對江口來說，只撫摩熟睡不醒的姑娘這種慾望不那麼強烈，毋寧說隨之而來的是可憐的思慮。不過，江口沒有想到姑娘是個處女並感到吃驚，從而取消了打破戒律的念頭，順從了老人們的常規慣例。雖然同樣是熟睡不醒，但是今晚的姑娘比上次的姑娘更有生氣，這點是確實的。姑娘的香味，觸摸的手感、翻身的動作，都給人以一種確實的感覺。

與上次一樣，枕頭下面備有兩片安眠藥，是給江口服用的。但是，他今晚沒有早早地就服用安眠藥睡覺，他想多看姑娘幾眼。姑娘儘管熟睡了卻經常動，一夜之間約莫翻身二、三十回。姑娘雖然背向著老人，可是很快就又把臉轉了回來，面對著老人。她用胳膊探摸江口老人。江口把手搭在姑娘的一邊膝上，把她拉過來。

「唔，不要。」姑娘彷彿發出了模糊的聲音。

「妳醒了嗎？」老人以為姑娘醒了，更使勁地拽著她的膝蓋。姑娘的膝蓋毫無力氣，朝這邊彎曲。江口把手腕探入姑娘的脖頸後面，把她的頭稍抬起來，試著搖晃了一下。

「啊，我去哪兒？」姑娘說。

「妳醒了，醒醒吧。」

「不，不。」姑娘彷彿要躲開他的搖晃，把臉滑落在江口的肩膀上。姑娘的額頭觸到老人脖頸，額髮刺入他的鼻子。這是可怕的硬髮。江口甚至覺得有點痛。芳香撲鼻，江口把臉背過去。

「你幹麼？討厭。」姑娘說。

「什麼也沒幹呀。」老人回答。原來姑娘是在說夢話。是她在睡夢中強烈地感覺到江口的動作呢，還是她夢見其他老人客在另外的夜裡的惡作劇？總之，就算是夢話前後不連貫地斷斷續續，江口好歹能與姑娘對話，這時他感到心情激動。說不定清晨時分還可以把她叫醒。不過現在老人只是在跟她搭話，誰知道姑娘在睡夢中聽見聽不見。老人用話不如用動作去刺激她更能使她說夢話，不是嗎？江口也曾想：狠狠地揍姑娘一頓，或掐她一把試試。最後急不可耐地把她摟了過來。姑娘既沒有反抗，也沒有作聲。姑娘準會感到喘不過氣來。姑娘那香甜的呼吸吹到老人的臉上。倒是老人氣喘吁吁的。任人擺布的姑娘再次引誘著江口。從明天起，如果姑娘知道自己已經不是處女，會是多麼悲傷啊。姑娘的人生不知會發生怎樣的變化。不管未來會怎樣，總之，直到明兒天亮以前，姑娘一切都是不知道的。

「媽媽！」姑娘彷彿在低聲呼喚。

「哎呀，哎呀，妳走了？原諒我，寬恕我……」

「妳做的什麼夢？是夢，是夢呀。」姑娘的夢話使老人把她摟得更緊，試圖讓她從夢中醒過來。姑娘呼喚母親的聲音裡所包含的悲切，滲入了江口心中。姑娘的乳房緊緊地壓在老人的胸口上。姑娘揮動著胳膊。是不是姑娘在夢中誤把江口當成了媽媽在擁抱呢？不，即使她是被人弄得昏睡不醒，即使她是個處女，但她終究是個不折不扣的妖婦。江口老人這六十七年的人生中，還未曾如此滿身心地擁抱過年輕的妖婦。如果說有妖豔的神話，那麼她就是神話中的姑娘吧。

她不是妖婦，而好像是被妖術附身的姑娘。因此是個「活著昏睡」的人。就是說，雖然讓她的心昏睡了，但是作為女人的肉體反而更清醒了。變成一個沒有人心只有女人軀體的人。正像這家女人所說的「成熟」，在以老人為對象方面的作為是很成熟了吧。

江口把緊抱住姑娘的胳膊放鬆，變得柔和些了。姑娘裸露的胳膊，也重新變成擁抱江口的姿態，這時姑娘真的是溫柔地擁抱江口了。老人紋絲不動，平靜地閉上了眼睛，陶醉在一派溫情之中，幾乎處於一種無憂無慮的恍惚狀態。他彷彿領悟到了到這家來的老人們的樂趣和幸福的感受。對於老人們本身來說，這裡有的不淨是耄耋之年的悲哀、醜陋和淒涼，這個地方難道不是充滿著青春活力的恩澤嗎？對於一個完全衰老的男人來說，還有什麼時刻可以比得上被一個年輕姑娘滿身心地擁抱更能忘我的呢。然而，老人們為此玩弄了一個被人弄得昏睡不醒的犧牲品——姑娘，他們覺得無罪且心安理得嗎？或者是這種潛藏的罪惡意識，反而平添了他們的樂趣？處於忘我狀態的江口老人，似乎也忘卻了姑娘是個犧牲品，他用腳去探索姑娘的腳趾。因為只有那裡他還沒有觸及。姑娘的腳趾細長，且優美地動著。腳趾的各個關節時而彎曲收縮，時而伸直張開，活像手指的動作，也只有那裡才是這個姑娘作為一個奇怪的女人、傳遞給江口的最強烈引誘。熟睡著的姑娘竟能用她的腳趾，表達出她那枕邊的竊竊私語。但是，老人把姑娘腳趾的動作，只當作稚嫩不穩卻很嬌媚的音樂來聽，並且久久地跟蹤追尋著這樣的音樂。

江口覺得，姑娘似乎是在作夢，又像是把那個夢作完了。說不定不是在作夢，而是隨著老人狠勁觸動她，她就用夢話來進行會話、進行抗議，從而形成一種慣例吧。即使不說話，姑娘在熟睡中也能用身體與老人進行洋溢著嬌媚的對話。哪怕是不協調的夢話也沒關係，只想聽聽聲音也就足矣，這種願望之所以糾纏住江口，大概是江口還沒有完全適應這家的祕密的緣故吧。江口老人感到困惑的是：不知說什麼，或按哪個部位，姑娘才用夢話來回答呢？

「不再作夢了嗎？夢見媽媽上哪兒去了是嗎？」江口說著順著姑娘脊樑骨上的那道溝摩挲下去。姑娘聳聳肩膀，又趴著入睡了。看來這是姑娘喜歡的睡姿。臉還是朝向江口，右手輕輕地抱著枕頭的一端，左胳膊搭在老人的臉上。但是姑娘什麼也沒有說。柔和的鼾聲暖融融地拂面而來。搭在江口臉上的這隻胳膊似乎只尋求安定位置地動了動，老人用雙手將姑娘的胳膊放在自己眼睛上方。姑娘長長的指甲尖輕輕地扎了一下江口的耳垂。姑娘的手腕在江口右眼簾上方彎曲著耷拉下來，纖細的手腕蓋住了江口的右眼簾。老人希望她的胳膊就這樣放下去，於是按住放在自己左右眼上方的姑娘的手。滲進眼珠子的姑娘肌膚的芳香，又給江口帶來新鮮而豐富的幻想。眼前浮現出諸如適逢時宜季節，大和古寺的高牆下，兩、三朵寒牡丹花，迎著小陽春的陽光開放，詩仙堂邊緣一帶的庭院裡綻滿了白色的山茶花，現在正是春天，椿寺裡，奈良的馬醉木花、藤花滿園怒放，還有散瓣的山茶花。

「對了！」這些花勾起江口對三個已婚女兒的回憶。他曾帶過三個或其中的一個女兒去旅遊並賞花。如今已為人妻和為人母的女兒們也許記不清了，可是江口卻記得很清楚，不時想起，並對妻子談起關於花的往事。做母親的，自從女兒出嫁後，似乎並不像做父親的那樣感到自己與女兒分別了，事實上她們母女之間還不斷有親密的交往，因此對與結婚前的女兒一起去旅行並賞花之類的事，不太放在心上。再說，有時去旅行賞花，做母親的也沒有跟著去。

江口摸著姑娘的手，眼睛深處浮現出許多花的幻覺，爾後消失，復又浮現；他任憑幻覺浮沉，只覺昔日那股感情復甦了，那就是女兒出嫁後不久，他甚至看到別人的女兒也覺得可愛極了，總掛在心上。此刻他覺得這個姑娘就跟當年別人家女兒中的一個一樣。老人把手收回，姑娘的手依然搭在江口的眼睛上方。江口的三個女兒當中，只有小女兒跟著他去看了椿寺凋落的山茶花，那是小女兒出嫁前半個月所做的一次告別旅行。此時椿寺的山茶花在江口的幻覺中最為強烈。特別是小女兒在婚姻問題上有莫大的痛苦。有兩個年輕人在爭奪小女兒，不僅如此，在爭奪中小女兒已喪失了貞操。江口為了轉換一下小女兒的心情，才帶她去旅行的。

據說如果山茶花吧嗒一聲從頭上凋落下來，那是不吉利的，不過椿寺有棵山茶花古樹，樹齡據說有四百年了，一棵大樹上卻開出五種色彩的花，據說這重瓣的花不是成朵凋落，而是散瓣凋落，因而得了散瓣山茶花之名。

「落花繽紛時節，有時一天可掃滿五、六畚箕的散瓣吶。」寺院的年輕太太對江口說。

據說從向陽面觀賞大山茶花，不如背光欣賞來得更美。江口和小女兒所坐的廊道位置朝西，時值太陽西斜，正是背光。也就是逆光。但是，春天的陽光穿不透大山茶樹那繁枝茂葉和盛開滿樹的花厚厚的重層。陽光好像都凝聚在山茶花上，晚霞彷彿飄忽在山茶樹樹影邊緣。椿寺坐落在人聲雜沓的普通市街上，庭院裡除了這一棵大山茶花古樹外，似乎別無其他值得觀賞的。再說，在江口的眼裡，除了大山茶花外，什麼也看不見。心被花奪走，連市街的雜沓聲也聽不見了。

「花開得真漂亮啊！」江口對女兒說。

寺院的年輕太太回答說：「有時清晨醒來，落花都蓋地了。」說罷站起身離去，讓江口與他女兒留在那裡。究竟是不是一棵樹開了五種顏色的花呢？樹上確實有紅花，也有白花，還有含苞待放的蓓蕾。但江口無意深究這些，他被整棵山茶花吸引住了。這棵有四百年樹齡的山茶花樹，竟能開出那麼漂亮、那麼豐富的花來。夕陽的光全被山茶樹吸收進去，這棵花樹樹幹粗壯，樹身溫暖。雖然不覺得有風，但是有時邊緣的花枝也會搖曳。

然而，小女兒並不像江口那樣被這棵著名古樹的散瓣山茶花所吸引。她沒精打采，與其說在賞花，莫如說是在想自己的心事。在三個女兒中，江口最疼愛小女兒，她也最會向江口撒嬌。尤其是兩個姊姊出嫁後，她更是如此。兩個姊姊還以為父親會把么妹留下，為她招個入贅女婿當養子呢。她們曾向母親流露出嫉妒之意，江口是從妻子那裡聽說此事的。么女性格比較開朗。她有很多男朋友，這在父母看來，總覺得有點輕浮。可是，女兒每當眾多男友圍著她轉的時候，她顯得格外朝氣蓬勃。不過，在這些男友中，她喜歡的只有兩個。這件事，做父親的和特別在家中款待過她男友們的母親，是最清楚的。那兩個人中一個玷汙了小女兒。小女兒在家中也有好一陣子一言不發，比如更衣時的手勢顯得特別急躁。母親很快就察覺到女兒一定發生了什麼事，便輕聲地詢問了她。女兒毫不躊躇地坦白出來。這個年輕人在百貨公司工作，住在一家公寓裡。女兒好像是被邀請到他公寓裡去。

「妳要與他結婚吧？」母親說。

「不，我決不。」女兒回答。這使母親感到困惑。母親估計這個年輕人一定有非禮的舉動，遂與江口坦率地商量。江口也覺得猶如掌上明珠受到了傷害一般，當他聽到小女兒與另一個青年匆匆訂了婚約之後更覺震驚了。

「你覺得怎樣，行嗎？」妻子懇切地問道。

「女兒有沒有把這事跟未婚夫說呢？坦率地說了嗎？」江口的話聲變得尖銳。

「這點嘛，我沒有聽說，因為我也嚇了一大跳……要不，問問她吧？」

「不。」

「這種錯誤還是不向結婚對象坦白為好。世間成年人一般認為：不說可保平安無事。可是，還要看女兒的性格和心情啊。為了瞞著對方，女兒會獨自痛苦一輩子的。」

「首先，是家長承不承認女兒的婚約，還沒有決定，不是嗎？」

被一個年輕人玷汙，突然又跟另一個年輕人訂婚，江口當然不認為這種做法是自然的、冷靜的。家長也都知道這兩個青年都很喜歡小女兒。江口認識這兩個青年，他甚至曾想過，他們兩人中的任何一方與女兒結婚似乎都不錯。然而，女兒突然訂婚，難道不是一種衝擊的反動嗎？難道不是從對一個人的憤怒、憎恨、埋怨、懊惱等不平衡的心態中，轉而向另一個人傾斜嗎？或是從對一個人的幻滅、從自己的心慌意亂中，試圖依靠另一個人嗎？由於被玷汙而對那個年輕人產生反感，反而會促使她更加強烈地傾心於另一個年輕人，這種事未必不會在小女兒的身上表現出來。也許這種行為是一種報復，一種半自暴自棄或不純。

但是，江口沒想到這種事情會發生在自己的小女兒身上。也許任何做父母的都會這樣想吧。儘管如此，小女兒在男友們的包圍中顯得快活、自由，正因為她的性格好強，江口對她似乎也感到放心。不過從事情發生以後來看，他並沒有感到格外不可思議。就說小女兒吧，她的生理結構與世上的女人沒有什麼不同。有可能被男性強求的。江口的腦子裡驀地浮現出那種場合女兒的醜態來，一股劇烈的屈辱和羞恥向他猛襲過來。他把前面的兩個女兒送出去做新婚旅行時，也不曾有過這種感覺。事到如今，江口想像到小女兒的事，縱令男子燃燒起烈火般的愛情，也不可能抗拒女兒的生理結構；作為父親來說，難道這是一種超出常規的心理嗎？

江口既不是立即就承認小女兒的婚約，也不是從一開始就表示反對。父母親是在事發很久以後才知道，有兩個年輕人在激烈地爭奪小女兒。而且江口帶女兒到京都來觀賞盛開的落瓣山茶花時，女兒已經快結婚了。大山茶樹的花簇裡隱約有股嗡嗡聲在湧動。可能是蜂群吧。

小女兒結婚兩年後，生了一個男孩。女婿似乎很疼愛孩子。星期天這對年輕夫婦到江口家來，當妻子與丈母娘一道下廚時，做丈夫的很能幹地在給孩子餵牛奶。江口看到此番情景，知道這小兩口日子過得很諧調。雖說同是住在東京，但結婚後女兒難得回娘家來。有一回，她獨自回娘家。

「怎麼樣？」江口問。

「什麼怎麼樣，哦，很幸福。」女兒回答。也許夫妻之間的事她不怎麼想對父母說吧，不過，按照小女兒的這種性格，本應會把丈夫的情況更多地講給父母聽的，江口總覺得有點美中不足，也多少有點擔心。然而小女兒猶如一朵綻開的少婦之花，變得愈發美麗了。就算把這只看作是從姑娘向少婦的生理上變化，如果在這變化的過程中有心理陰影的話，那麼這樣的一朵花也不可能開得如此鮮豔吧。生孩子後的小女兒，像全身甚至體內都被洗滌過一般，肌膚細嫩而有光潤，人也穩重多了。

也許因為上述原因吧，江口在「睡美人」之家，把姑娘的胳膊搭在自己的兩邊眼簾上，眼前浮現的幻影才是盛開的散瓣山茶花吧？當然，江口的小女兒，或是在這裡熟睡的姑娘，都沒有山茶花的那種豐盈。不過，單從姑娘人體的豐腴來看，或只就她溫順地在一邊陪著睡這點來看，是難以了解的。不能同山茶花什麼的做比較。姑娘的胳膊傳到江口眼簾深處的，是生的交流、生的旋律、生的誘惑，而且對老人來說，又是生命力的恢復。江口用手將姑娘的胳膊拿下來，因為它搭在眼簾上方的時間太長，眼珠子感到有點沉重了。

姑娘的左胳膊無處可放，它順著江口的胸部用力伸直，大概是覺得不舒服吧，姑娘半翻身，把臉朝向江口。雙手放在胸前彎曲手指交握著。它觸到了江口老人的胸口。不是合掌的手勢，卻像祈禱的姿勢。似乎是柔和的祈禱姿勢。老人用雙手握住姑娘手指交握的雙手。這樣一來，老人閉上眼睛，自己也像是在祈禱著什麼似的。然而，這恐怕是老人撫觸熟睡中姑娘的手、流露出來的一種悲哀心緒吧。

夜間開始降雨，雨打在靜寂的海面上，聲音傳到江口老人耳中。遠方的響聲，不是車聲，似是冬天的雷鳴，但難以捕捉。江口把姑娘交握著的手指掰開，除了拇指之外的四根手指，一根根都掰直，細心地觀看著。他很想把這細長的手指放進嘴裡咬一咬。如果讓小指頭留下齒痕，並滲出血來，那麼姑娘明天醒來會怎麼想呢？江口把姑娘的胳膊伸直，放在她身邊。然後觀看姑娘豐滿的乳房。她的乳暈較大、鼓起，且色澤較濃。江口試著托起有些鬆軟的乳房。只覺得它微溫，不像蓋著電毛毯子的姑娘身體那麼溫暖。江口老人想把額頭伏在兩個乳房之間的窪陷處，但是當他的臉剛靠近時，姑娘的芳香使他躊躇了。江口趴著，把枕頭底下的安眠藥取了出來，今晚他一次服下了兩片。上回，第一次到這家來的夜裡，先服了一片，作了噩夢，驚醒過來之後又再服了一片。他知道這只是普通的安眠藥。江口老人很快就昏昏入睡了。

姑娘抽抽搭搭地哭著，然後嚎啕大哭起來。哭聲把老人驚醒了。剛才聽到的哭聲，又變成了笑聲。這笑聲持續了很久。江口的手在姑娘胸脯上回來摩挲，然後搖晃著她。

「是夢啊，是夢啊。一定是在作什麼夢了。」

姑娘那陣久久的笑聲止住之後的寧靜，令人毛骨悚然。但由於安眠藥的影響，江口老人好不容易才把放在枕頭下面的手錶拿出來看了看；三點半鐘了。老人把胸口貼緊姑娘，把她的腰部摟了過來，暖融融地進入夢鄉了。

清晨，又被這家的女人叫醒了。

「您睡醒了嗎？」

江口沒有回答。這家的女人會不會靠近密室的門扉，把耳朵貼在杉木門上呢？她的動靜使老人感到害怕。可能是由於電毛毯子熱的緣故，姑娘將裸露的肩膀露在被子的外面，一隻胳膊舉在頭上。江口給她蓋上了被子。

「您睡醒了嗎？」

江口還是沒有回答，把頭縮進被窩裡。下巴頦碰在姑娘的乳頭上。江口頓時興奮恍若燃燒，他摟住姑娘的脊背，用腳把姑娘纏住。

這家的女人輕輕地敲叩了三、四次杉木門。

「客人！客人！」

「我已經起來了，現在正在更衣。」看樣子江口如果不回答，那女人很可能就會開門走進來。

隔壁房間裡，洗臉盆、牙刷等都已準備好。女人一邊伺候他用早飯，一邊說：

「怎麼樣？是個不錯的姑娘吧。」

「是個好姑娘，確實……」江口點了點頭，又說：「那姑娘幾點醒過來？」

「這個嘛，幾點才能醒過來呢？」女人裝糊塗地回答。

「我可以在這裡等她醒來嗎？」

「這，這家沒有這種規矩呀。」女人有點慌張，「再熟的客人也不行。」

「可是，姑娘確實太好了。」

「請您不要自作多情，只當同一個熟睡的姑娘有過交往就夠了，這樣不是挺好嗎？因為姑娘完全不知道同您共寢過，絕不會給您添什麼麻煩的。」

「但是，我卻記住她了。如果在馬路上遇見……」

「哎呀，您還打算跟她打招呼嗎？請您不要這樣做。這樣做難道不是罪過嗎？」

「罪過？……」

「是啊。」

「是罪過嗎？」

「請您不要有這種逆反心理，就把她當作一個熟睡的姑娘，包涵包涵吧。」

江口老人本想說，我還不至於那麼淒慘吧。但欲言又止。

「昨夜，好像下雨了。」

「是嗎？我一點兒也不知道。」

「我確實聽見了下雨聲。」

透過窗戶，眺望大海，只見岸邊的微波迎著朝日閃閃發光。

三

江口老人第三次到「睡美人」之家，距第二次只隔了八天。第一次與第二次之間是隔半個多月，這次差不多縮短了一半時間。

江口大概已經逐漸被睡美人的魅力吸引住了。

「今晚是個來見習的姑娘，也許您不愜意；請將就一下吧。」這家女人一邊沏茶一邊說。

「又是另一個姑娘嗎？」

「您臨來才給我們掛電話，只能安排來得及的姑娘……您如果希望哪個姑娘，得提前兩、三天告訴我們。」

「是啊。不過，你所說的見習姑娘是怎樣的？」

「是新來的，年紀也小。」

江口老人嚇了一跳。

「她還不習慣，所以有些害怕。她說過兩人在一起怎麼樣，可是，客人不願意也不行。」

「兩個人嗎？兩個人也沒有關係嘛。再說熟睡得像死了一樣，哪會知道什麼怕不怕呢？」

「話是這麼說，不過她還不習慣，請您手下留情。」

「我不會怎麼樣的。」

「這我知道。」

「是見習的。」江口老人喃喃自語。心想準有怪事。

女人一如往常，把杉木門打開一道窄縫，望了望裡面說：

「她睡著了，您請吧。」說罷就離開了房間。老人自己又再斟了一杯煎茶，然後曲肱為枕，躺了下來。內心總覺有點膽怯、空虛。他不起勁地站起身來，悄悄地把杉木門打開，窺視了一下那間圍著天鵝絨的密室。

「年紀也小的姑娘」是個臉型較小的女孩。她鬆開了本來結成辮子的頭髮，蓬亂地披在一邊的臉頰上，一隻手背搭在另一邊的臉頰和嘴唇上。這張臉顯得更小。一個純潔的少女熟睡了。雖說是手背，手指卻是舒展著的，因此手背的一端輕輕地觸到眼睛下方，於是彎曲的手指從鼻子旁邊蓋住了嘴唇，較長的中指直伸到下巴頦下面。那是她的左手。她的右手放在被頭邊上，手指輕柔地抓著被頭。一點兒也沒有化妝。也不像是睡前卸過妝。

江口老人從一旁悄悄地鑽進了被窩裡。他小心翼翼地不碰到姑娘的任何部位。姑娘一動也不動。但是姑娘身上的暖和氣息，把老人給籠罩住了。這種溫暖，不同於電毛毯子的溫暖。它像是一種未成熟的、野生的溫暖。也許是她的秀髮和肌膚散發出來的芳香，讓他有這種感覺吧。但是，事情還不僅於此。「她約莫十六歲吧。」江口自言自語。雖說到這家來的老人們，無法把女人當做女人來對待，然而，能同這樣的姑娘共寢，也能追尋自己一去不復返的人生的快樂蹤跡，以求得短暫的慰藉吧。這點對於第三次到這家來的江口來說，是一清二楚的。恐怕也有些老人暗暗地希望：但願能在被人弄得熟睡不醒的姑娘身旁永遠安眠吧。姑娘青春的肉體，喚醒了老人死去的心，似乎有一種悲切的感覺。不，到這家來的老人中，江口屬於多愁善感的人，也許較多的老人到這裡來，為的只是從熟睡的姑娘身上感染一下青春的氣息，或是為了從熟睡不醒的姑娘那裡尋找某種樂趣。

枕頭底下依然放有兩片白色安眠藥。江口老人拿起來看了看，藥片上沒有文字或標記，所以無法知道是什麼藥名。當然肯定是與姑娘吃的或注射的藥不同。江口想下次來時，不妨問這家女人要與姑娘所吃一樣的藥試試。估計她不會給，不過如果能要到，自己也像死一般地睡著會怎樣呢？與死一般睡著的姑娘一起，死一般地睡下去，老人感到這是一種誘惑。

「死一般睡著」這句話，勾起江口對女人的回憶。記得三年前的春天，老人曾帶一個女人到神戶的一家飯店。因為是從夜總會出來的，到飯店時已是三更半夜。他喝了客房內備有的威士忌，也勸女人喝了。女人喝的與江口一樣多。老人換上客房備有的浴衣式睡衣，沒有女客的，他只好抱著穿內衣的女人。當江口把手繞到女人脖子後面，溫柔地撫摩著她的背部，正是銷魂時，女人驀地坐起身子說：

「穿著它我睡不著。」說罷把身上的衣著全部脫光，扔在鏡子前的椅子上。老人有點吃驚，心想：她這是與白人共寢時的習慣吧。然而，這女人卻格外溫順。江口鬆開女人，說：

「還沒有吧？……」

「狡猾。江口先生，滑頭。」女人說了兩遍，但還是很溫順。酒性發作，老人很快便入睡。第二天早晨，女人的動靜，把江口吵醒了。女人面對鏡子整了整頭髮。

「妳醒得真早啊！」

「因為有孩子。」

「孩子？……」

「是的，有兩個，還小吶。」

女人行色匆匆，沒等老人起床就走了。

這個身材修長、長得很結實的女人，竟已生了兩個孩子，這點使江口老人感到意外。她的體態不像是生過孩子的人，乳房也不像是餵過奶的。

江口外出前，想換件新襯衫，便打開旅行提包；他發現提包內收拾得整整齊齊的。在十天的旅行期間，他把換下來的衣服揉成團塞進提包裡，如果想從裡面取出一件什麼東西，得翻個底朝天。他把在神戶的購物、人家送的東西，以及土特產等統統塞進提包裡，東西亂七八糟地擠得鼓鼓的，連提包蓋子都合不上。可能是由於提包蓋子隆起來，可以窺見裡面，或是老人取香菸的時候，讓女人看見裡面凌亂不堪吧。儘管如此，可是她為什麼有心替老人拾掇呢。再說她是什麼時候歸置的呢？連穿過的內衣褲，她都一一疊齊放好，再怎麼說女人手巧，肯定也要花些時間。難道是昨夜江口睡著之後，女人睡不著所以起來收拾提包內的東西嗎？

「啊？」老人望著整理好了的提包，心想：「她想幹麼呢？」

翌日傍晚，那女人穿著和服，按照約好的時間來到一家日本飯館。

「妳有時也穿和服嗎？」

「哎，有時穿……不相稱吧。」女人靦腆地莞爾一笑，「中午時分，有個朋友掛來電話，對方嚇了一大跳吶，對方說：妳這樣做行嗎。」

「妳都說啦？」

「哎，我毫無保留地都說了。」

兩人在街上走，江口老人為那女人買了一身和服衣料和腰帶後，折回了飯店。透過窗戶可以望見進港船上的燈光。江口把百葉窗和窗簾關上，站在窗邊與女人親吻。江口拿起頭天夜裡喝過的威士忌酒瓶給她看了看，可是她搖搖頭。女人大概害怕酒醉失態，所以強忍住了。她睡得很沉。翌日早晨，江口起床，女人跟著也醒來了。

「啊！睡得簡直就跟死了一樣，真的就像死了一樣啊。」

女人睜開眼睛，紋絲不動。這是一雙徹底淨化而晶瑩的眼睛。

女人知道江口今天要回東京。女人的丈夫是外國商社派駐神戶的，在神戶期間與她結婚，近兩年去了新加坡，打算下個月再回到神戶的妻子身邊來。昨天晚上，女人把這些情況告訴了他。在聽到女人的敘述之前，江口並不知道這個年輕女子是個有夫之婦，且是外國人的妻子。他從夜總會不費吹灰之力就把她帶來了。江口老人昨晚一時心血來潮去了夜總會，鄰桌坐著兩個西方男人與四個日本女子。其中有個中年女人認識江口，就與江口寒暄了一番。他們好像都是這個女人帶來的。外國人與兩個女子去跳舞後，這個中年女人就向江口建議，是否同那個年輕女子跳舞。江口跳到第二支曲子的中途，就邀她溜到外面去。這個年輕女子對那種事似乎很感興趣，毫無顧慮地就跟他到飯店裡來了，江口老人進房間後，反而覺得有點不大自然。

江口老人終於同一個有夫之婦，而且是一個外國人的日本老婆私通了。女人似乎滿不在乎地把小孩託付給保母或看小孩的人，自己就在外面過夜了。她絲毫不因為自己是有夫之婦幹這種事而感到內疚，所以江口也不覺得有什麼不道德的實感向他猛地逼將過來，不過事後內心還是受到沒完沒了的苛責。但是，這女人說她熟睡得就跟死了一樣。這種愉悅就像青春的音樂留在他心裡。那時，江口六十四歲，女人約莫二十四、五至二十七、八之間吧。當時老人想：這次可能是與年輕女人最後一次交歡了。僅僅兩夜，其實哪怕只有一夜也可以，像死了一般地沉睡，這是江口與難以忘懷的女人度過的夜晚。女人曾來信說：您如果到關西來，我還想見您。此後過了一個月來信說，她丈夫回到了神戶，但也沒關係，我還想見您。再過一個多月後，又來了同樣內容的信。最後就杳無音信了。

「啊，那女人可能是懷孕了，第三胎……肯定是那樣的吧。」江口老人的這番喃喃自語，是事隔三年後、躺在被人弄得熟睡得像死了一般的小姑娘身旁，回想起當年的往事時所發出的。此前，這種事連想都沒有想過。此時此刻，為什麼會突然想起這件事來呢？江口自己也覺得不可思議。不過，一旦回想起來，就覺得事情肯定是那樣沒錯。那女人之所以不來信，因為她懷孕了嗎？會是這樣嗎？想到這兒，江口老人不由得露出了微笑。女人迎接了從新加坡回來的丈夫，然後懷孕了。這樣，江口與那女人的私通行為，就可由那女人洗刷乾淨，老人也得到解脫了。於是，他有些懷念，眼前又浮現出女人的身體來。它不伴隨著色情。那結實的、肌膚滑潤的、十分舒展的身體，使人感到是年輕女人的象徵。懷孕雖是江口突然的想像，他卻認定這是確實無疑的事實。

「江口先生，您喜歡我嗎？」那女人在飯店裡曾這樣問過江口。

「喜歡。」江口回答，「這是女人的一般提問呀。」

「可是，還是……」女人話到嘴邊又嚥了回去，後來就沒有說下去。

「妳不想問問我喜歡妳什麼地方嗎？」老人戲弄地說。

「算了，不說了。」

然而，江口被那個女人問到喜歡我嗎的時候，他明確地回答說喜歡。這三年來，直到今天，江口老人也沒有忘記那女人的這句話。那女人生了第三胎以後，她的身體是不是還像沒有生過孩子那樣呢？江口追憶並懷念她。

老人幾乎忘卻了身邊熟睡不醒的姑娘。然而，正是這個姑娘使他想起神戶的那個女人來。姑娘的手背放在臉頰上，胳膊肘向一邊張開，老人覺得有點礙事，就握住她的手腕，讓她的手伸直放進被窩裡。大概電毛毯子太熱，姑娘的整隻胳膊直到肩胛都露在外面。那嬌嫩勻圓的肩膀，就在老人的眼前，近得幾乎障目。老人本想用手心去撫摩並握住這勻圓的肩膀，但又止住了。肩胛骨及其肌肉都裸露著。江口本想順著肩胛骨撫摩下去，但還是又止住了。他只把披在她右臉頰上的長髮輕輕地撥開。四周深紅色的天鵝絨帷幔承受著天花板上微暗燈光的照射，映襯著姑娘的睡臉，使它顯得更加柔媚。她的眉毛未加修飾，長長的眼睫毛長得十分整齊，用手指就能捏住似的。下唇的中間部位稍厚，沒有露出牙齒。

江口老人覺得在這家客棧裡，再沒有什麼比這張青春少女天真的睡臉更美的了。難道它就是人世間的幸福慰藉嗎？任何美人的睡臉都無法掩飾其年齡。即使不是美人，青春的睡臉也是美的。也許這家挑選的就是睡臉漂亮的姑娘。江口只是靠近去觀賞姑娘那張小巧玲瓏的睡臉，自己的生涯和平日的勞頓彷彿都柔化並消失了。雖然帶著這種心情服下安眠藥入夢了，但無疑是會度過一個得天獨厚的幸福夜晚。不過，老人還是靜靜地閉上眼睛，一動也不動地躺著。這姑娘使他想起神戶的那個女人，也許還會使他想起別的什麼；想到這些他又捨不得入睡了。

神戶的那個少婦迎接了闊別兩年歸來的丈夫，馬上就懷了孕，這種突然的想像，自己還認定是確實無疑的事實，而且這種類似必然的實感，突然不離開江口老人了。那女人與江口私通而生下的孩子，不會使人感到恥辱，也不會使人感到齷齪。實際上，老人感到應祝福她的妊娠與分娩。那女人體內孕育著新的生命。這些想像，使江口愈發感到自己老矣。然而，那個女人為什麼毫無隔閡與內疚，溫順地委身於自己呢？在江口老人近七十年的生涯中，好像還沒發生過這種事。這女人身上沒有娼婦的妖氣，也不輕狂。比起在這家、躺在奇怪地熟睡不醒的少女身旁來，毋寧說江口與她在一起沒有負罪感。到了早晨，她俐落地趕緊返回小孩子所在的家，老人江口則心滿意足地在床上目送著她離去。江口心想：這可能是自己與年輕女人交歡的最後一次了，她成了他難以忘懷的女人。那女人恐怕也不會忘記江口老人吧。彼此都不傷害對方，即使終生祕藏心底，兩人彼此也不會忘卻吧。

然而，此刻使老人想起神戶女人的，是這個見習的小姑娘——「睡美人」，這也很不可思議。江口睜開眼睛，用手輕輕撫摩小姑娘的眼睫毛。姑娘顰蹙雙眉，把臉側了過去，張開了嘴唇。舌頭貼在下顎上，像鬱鬱不樂似的。這幼嫩的舌頭正中有一道可愛的溝，它吸引住江口老人。他窺視了姑娘張開的嘴。如果把姑娘的脖子勒住，這小舌頭會痙攣嗎？老人想起從前曾接觸過比這個姑娘更年輕的娼妓。江口沒有這方面的興趣，但有時應邀作客，是人家給安排的。記得那小姑娘的舌頭又薄又細長，顯得很濕潤。江口覺得沒意思。街上傳來了大鼓聲和笛聲，聽起來很熱鬧。好像是個節日廟會的夜晚。小姑娘眼角細長而清秀，一副倔強的神色，她對客人江口心不在焉卻又浮躁。

「是廟會吧。」江口說，「妳想去趕廟會吧。」

「呀，您真了解情況嘛。是啊，我已經跟朋友約好了，可是又被叫到這兒來。」

「隨妳便吧。」江口避開小姑娘濕潤而冰冷的舌頭。「我說隨妳便好了，趕緊去吧……是敲響大鼓的那家神社吧。」

「可是，我會被這裡的老闆娘罵的。」

「不要緊，我會給妳圓場。」

「是嗎，真的？」

「妳多大了？」

「十四。」

姑娘對男人毫無羞恥感。對自己也沒有屈辱感或自暴自棄。傻呼呼的。她草草地裝扮了一下，就急匆匆地向街上舉辦的廟會走去。江口一邊抽菸，一邊聽大鼓、笛和攤販的吆喝聲，聽了好一陣子。

江口記不太清楚那個時候自己是多大年紀，就算已經到了毫不依戀地讓姑娘去參加廟會的年齡，也不是現在這樣的老人。今晚的這個姑娘要比那個姑娘大兩、三歲吧，從肌體來看，要比那個姑娘更像個女人。首先，最大的不同是，她熟睡不醒。即使廟會的大鼓響徹雲霄，她也不會聽見。

側耳靜聽，後山彷彿傳送來一陣微弱的寒風。一股溫吞吞的氣息，透過姑娘微張的嘴唇，向江口老人迎面撲來。深紅色帷幔映襯下的朦朧，甚而及至姑娘的口腔裡。他想：這個姑娘的舌頭，可能不像那個姑娘的舌頭那樣濕潤而冰冷。老人又受到更強烈的誘惑。在這個「睡美人」之家，睡著而讓人能看到口腔裡的舌頭的，得數這個姑娘是第一個。與其說老人想將手指伸進她的口腔裡去摸摸她的舌頭，不如說更多的是，彷彿有一股熱血騷擾的惡念，在他心中躁動。

不過，這種惡念——伴隨著極其恐怖、殘酷的惡念，此刻並沒有在他腦際形成明確的形狀。所謂男性侵犯女性的極端罪惡究竟是什麼呢？比如與神戶的少婦和十四歲的娼妓所幹的事等，在漫長的人生中，只是彈指一揮間的事，轉瞬即消逝得杳無蹤影。與妻子結婚、養育女兒們等等，表面上被認為是件好事，但是在時間的長河裡，在漫長的歲月中，江口束縛了她們，掌握著女人們的人生，說不定連她們的性格都完全被扭曲了。毋寧說這是一件壞事。也許人世間的習慣與秩序，使他們的罪惡意識都麻痺了。

躺在熟睡不醒的姑娘身邊，無疑也是一種罪惡吧。如果把姑娘殺掉，罪惡就更明朗化了。勒住姑娘的脖子、捂住她的嘴和鼻子使她窒息，似乎也不難。但是，小姑娘熟睡中張著嘴，露出了幼嫩的舌頭。江口老人如果把手指放在那上面，這舌頭可能會像嬰兒吸吮乳頭那樣捲得圓圓的吧。江口把手放在姑娘的鼻子下和下巴頦上，擋住了她的嘴。老人一放開手，姑娘的嘴唇又張開。睡著了即使嘴唇微張，也十分可愛。老人由此看到了姑娘的青春。

姑娘太年輕，反而會使江口的惡念在心中搖蕩。不過，對於悄悄地到這個「睡美人」之家來的老人們來說，恐怕不只是為了寂寞地追悔流逝了的青春年華，難道不也有人是為了忘卻一生中所做的惡而來的嗎？介紹江口到這裡來的木賀老人，當然不會洩漏其他客人們的祕密。大概會員客人為數不多吧。而且，可以推查到在世俗的意義上，這些老人們是成功者，而不是落伍者。然而，他們的成功是作惡之後獲得的，恐怕也有人是通過不斷地作惡才保住連續的成功。因此，他們不是心靈上的安泰者，毋寧說是恐懼者、徹底失敗者。撫觸昏睡不醒的年輕女人的肌膚，躺下來的時候，從內心底裡湧起的，也許不只是接近死亡的恐懼和對青春流逝的哀戚。也許還有人對自己昔日的悖德感到悔恨、擁有一個成功者常有的家庭的不幸。老人們中大概沒有人願意屈膝膜拜、企求亡魂，而寧願緊緊地摟住裸體美女，流淌冰冷的眼淚，哭得死去活來，或者放聲呼喚。然而，姑娘一點兒也不知道，也絕不會醒過來。從而，老人們也就不會感到羞恥，或感到傷害了自己的自尊心。這完全是自由地悔恨、自由地悲傷。這樣看來，「睡美人」不就像一具殭屍了嗎？而且是一具活著的肌體。姑娘年輕的肌體和芳香，可以給這些可憐的老人以寬恕與安慰。

這些思緒如潮湧現的時候，江口老人靜靜地閉上了眼睛。至此的三個「睡美人」中，年紀最小、未有絲毫衰萎的今夜的這個姑娘，突然誘發江口湧起這樣的一些思緒，這也有點不可思議。老人把姑娘緊緊地抱住。此前，他避免接觸到姑娘的任何地方。姑娘幾乎被老人整個地摟在懷裡。姑娘的力氣全被剝奪，毫無抵抗。她個子細長，纖弱得可憐。姑娘雖然沉睡，但大概能感受到江口的舉動吧，她閉上張著的嘴唇。突出的腰骨生硬地碰到了老人。

江口尋思：「這個小姑娘將會輾轉度過怎樣的人生呢？就算沒有獲得所謂的成功和出人頭地，但究竟能不能安穩地度過一生呢？」但願她今後通過在這家客棧裡安慰和拯救這些老人所積下的功德，日後能夠獲得幸福；江口甚至想：說不定就像從前的神話傳說那樣，這個姑娘是一個什麼佛的化身呢。有的神話不是說，妓女和妖女本是佛的化身嗎？

江口老人一邊柔和地抓住姑娘的垂髮，一邊試圖向自己懺悔過去的罪孽和悖德，以求得心靈的平靜。可是浮現在心頭的卻是過去的女人們。而使老人感到慶幸的就是自己所想起的女人，不是與她們交往時間的長短、她們容貌的美或醜、聰明或笨拙、人品的好或壞，而是像神戶的那個少婦，她曾說過：「啊，像死一般地沉睡，真的像死一般地沉睡了。」這些女人對江口的愛撫，有一種忘我的敏感反應和情不自禁的欣喜若狂。與其說這取決於女人的愛之深淺，不如說是由她們天生的肌體所決定的吧。這個小姑娘不久成熟之後，將會是怎樣的呢？老人邊想邊用摟著姑娘後背的手撫摩她。但這種事是無法預知的。先前江口在這家躺在妖婦般的姑娘身旁，曾這樣尋思：在過去的六十七年間自己究竟能觸摸到的人性寬度有多寬、性的深度有多深呢？這種尋思使自己感到自己的耄耋，但是今晚的小姑娘卻反而活生生地喚醒了老人過去的性生活，這真是不可思議。老人把嘴唇輕輕地貼在姑娘合閉著的雙唇上。沒有任何味道。是乾澀的。似乎沒有任何味道反而更好。江口想：也許沒有機會與這個姑娘再次重逢了。當這個小姑娘的兩片嘴唇為性的體味濕潤而蠕動的時候，也許江口早就已經過世了。這也不必感到寂寞。老人把親吻姑娘雙唇的嘴唇移開，又吻姑娘的眉毛和眼睫毛。姑娘大概覺得發癢吧，她的臉稍微動了動，把額頭挨近老人眼前。一直合著雙眼的江口，把眼睛閉得更緊了。

眼簾裡浮現出撲朔迷離的幻影，復又消失。不久，這幻影隱約成形。好幾枝金黃色的箭向近處飛去。箭頭帶著深紫色的風信子花。箭尾帶著各種色彩的蘭花。美極了。但是，箭飛得這樣快，花難道不會掉下來嗎？不掉下來，真是怪事呢。忐忑不安的思緒使江口老人睜開了眼睛。原來自己開始打盹兒了。

放在枕頭下面的安眠藥還沒有吃。看看藥旁邊的手錶，時針已指向十二時半。老人將兩片安眠藥放在手心上，由於今晚沒有遭遇耄耋的厭世和寂寞的夢魘，所以捨不得就這樣入睡。姑娘呼出安詳的鼾聲。人家給她服用了什麼呢？還是給她打了什麼針？毫無痛苦的樣子。安眠藥的量可能很多吧？也許是輕度的毒藥。江口想像她那樣深深地沉睡一次。他悄悄地離開寢床，從掛著深紅色天鵝絨帷幔的房間走到隔壁房間。他打算向這家的那個女人索要與姑娘服用的同樣的藥。他按響了電鈴，鈴聲響個不停，使人感到這家裡裡外外有一股寒氣。深更半夜讓這祕密之家的呼喚鈴聲老響個不停，江口也有點顧忌。這裡是溫暖地帶，冬日的敗葉還萎縮地殘留在樹枝上。儘管如此，庭院裡不時隱約傳來風掃落葉聲。今夜拍擊懸崖的海浪，也很平靜。這種無人的寂靜，使人覺得這家宛如是幽靈的宅邸。江口老人覺得肩膀冷得發抖。原來老人只穿了件浴衣式的睡衣就逕自走了出來。

回到密室，只見小姑娘雙頰通紅。電毛毯子的溫度早已調低，大概是姑娘年輕的緣故吧。老人又貼近姑娘，以暖和自己的冰涼。姑娘暖和地挺起胸脯，腳尖伸到鋪席上。

「這樣會感冒的。」江口老人說，他感到了年齡的莫大差距。姑娘暖和的小身軀，恰好被整個摟在江口老人的懷裡。

翌日清晨，江口一邊由這家女人伺候著吃早飯，一邊說：

「昨天晚上，妳沒有聽見呼喚的鈴聲響嗎？我很想服與姑娘同樣的藥。像她那樣沉睡。」

「那是禁止服用的藥。首先，對老人很危險。」

「我心臟很好，不用擔心。就算永遠睡下去，我也不懊悔。」

「您才來三次，就說這麼任性的話。」

「我要在這家裡一直說下去，算是最任性的人嗎？」

女人用不快的目光看著江口老人，露出了一絲微笑。

四

一大早。冬日的天空就陰陰的。傍晚時分，下了一陣冰涼的小雨。江口老人走進「睡美人」家門之後，才覺察到這場小雨已變成雨雪交加。依然是那個女人悄悄地把門扉掩緊、上鎖。女人手持手電筒照著腳下走。憑藉這昏暗的照明，可以看見雨中夾有白色的東西。這白色的東西稀稀落落地飄著，顯得很柔軟。它落在通往正門的踏腳石上，立即就融化了。

「踏腳石濡濕了，請留神。」女人只一手打著傘，一隻手攙著老人的手。中年女人那令人毛骨悚然的手溫，從老人的手套上傳送了過來。

「不要緊的。我……」江口說著，掙開了女人的手。「我還沒老到需要人家攙扶的地步哩。」

「踏腳石很滑呀。」女人說。凋落在踏腳石四周的紅葉還沒有清掃。有的褶皺褪色了，被雨濡濕了，顯得潤澤發亮。

「也有一隻手或一條腿偏癱了的老糊塗，要靠人攙扶或抱著走到這裡來嗎？」江口問女人。

「別的客人的事，您不該問。」

「但是，那樣的老人到了冬天可危險啊。如果在這裡發生諸如突發腦溢血或心臟病死了，可怎麼辦？」

「如果發生這種事，這裡就完了。儘管對客人來說，也許是到極樂天堂。」

女人冷淡地回答。

「妳也少不了要負責任呀。」

「是的。」女人原先不知是幹什麼的，絲毫不動聲色。

來到二樓的房間，只見室內一如既往。壁龕裡先前掛的山村紅葉畫，到底還是換上了雪景的圖。無疑這也是複製品。

女人一邊熟練地沏了上等煎茶，一邊說：

「您又突然掛電話來。先前的三個姑娘，您都不愜意嗎？」

「不，三個我都太愜意了。真的。」

「這樣的話，您至少提前兩、三天預約好哪個姑娘就好了。可是……您真是位風流客呀。」

「算得上風流嗎？對一個熟睡的姑娘也算得上嗎？對象是誰她全然不知，不是嗎？誰來都一樣。」

「雖然是熟睡了，但畢竟還是個活生生的女人嘛。」

「有沒有哪個姑娘問起，昨晚的客人是個什麼樣的老人？」

「這家的規矩是絕對不許說。因為這是這家的嚴厲忌諱，請放心吧。」

「記得妳曾經說過，對一個姑娘過分痴情是會煩擾的。關於這家的（風流）事，先前妳還曾經說過與我今晚對妳說的同樣的話，還記得吧。而今晚的情況則整個顛倒過來了。事情也真奇妙啊。難道妳也露出女人的本性來了嗎？……」

女人薄薄的嘴唇邊上，浮現出一絲挖苦的笑，說道：

「看來您打年輕的時候起，一定讓不知多少女人哭過吧。」

江口老人被女人這一突如其來的問話嚇了一跳，回說：「哪兒的話，這可不是鬧著玩兒的。」

「瞧您那麼認真，這才可疑吶。」

「我要是像妳所說的那種男人，就不會到這裡來了。到這裡來的，淨是些迷戀女性的老人吧。懊悔也罷、掙扎也罷，事到如今已追悔莫及。淨是這樣的老人吧。」

「這，誰知道呢？」女人不動聲色。

「上次來的時候，也曾略略問過，在這裡能讓老人任性到什麼程度？」

「這，就是讓姑娘睡覺。」

「我可不可以服用與姑娘相同的安眠藥呢？」

「上次不是拒絕過了嗎？」

「那麼，老年人能做的最壞的事是什麼呢？」

「這家裡沒有惡事。」女人壓低嬌嫩的聲音，彷彿提醒江口似的說。

「沒有惡事嗎？」老人嘟噥了一句。女人的黑眸子露出了沉著的神色。

「如果想把姑娘掐死，那就容易得像扭嬰兒的手……」

江口老人有點厭煩，說：「把她掐死，她也不醒嗎？」

「我想是這樣。」

「對強迫殉情，這倒是挺合適的。」

「您獨自自殺覺得寂寞的時候，就請吧。」

「在比自殺更寂寞的時候呢？……」

「老人中，可能也有這種人吧。」女人還是很沉著，「今晚，您是不是喝了酒啦，淨說些離奇的話。」

「我喝了比酒更壞的東西來著。」

話音剛落，連女人都不禁瞟了江口老人一眼。不過，她還是佯裝不屑一顧的樣子說：

「今晚的姑娘是個溫暖的姑娘。在這麼寒冷的夜晚，她正合適。可以暖和您的身子。」說罷就下樓去了。

江口打開密室的門，覺得有一股比以前更濃的女人甜味兒。姑娘背向著他睡著，雖然算不上是在打鼾，但呼吸聲也夠深沉的。像是大個子。也許是因為深紅色天鵝絨帷幔映襯的關係，看不太清楚，她那頭濃密的秀髮似乎呈紅褐色。從那厚耳朵到粗脖子的肌膚很潔白。確如女人所說的，好像很溫暖。可是相形之下，臉蛋卻不紅潤。老人溜到姑娘背後。

「啊！」他不由自主地發出一聲驚嘆。暖和確是暖和，不過，姑娘的肌膚很滑潤，老人彷彿被它吸引住了。姑娘散發出來的氣味還帶點潮氣。江口老人久久地閉上眼睛，紋絲不動。姑娘也一動不動。她的腰部以下很豐滿。她的溫暖與其說是滲入老人體內，莫如說把老人包圍住了。姑娘的胸脯也是鼓鼓的，乳房不高，但卻很大，乳頭倒小得出奇。剛才這家女人說「掐死」，而使他想起這句話、並為這種誘惑而戰慄的，也許就是姑娘的肌體吧。如果把這個姑娘掐死，她的肌體會散發出什麼氣味呢？江口極力想像著這姑娘難看的走路姿勢，努力從惡念中擺脫出來。心情稍許平靜了下來。但是姑娘走路的姿勢不像樣又怎麼樣呢？有一雙模樣好、漂亮的腳又怎麼樣呢？對於一個已經六十七歲的老人來說，況且是只有一夜之緣的姑娘，她聰明或笨拙、教養高或低又能怎樣呢？現在最現實的，只是撫摩著這個姑娘而已，不是嗎？而且姑娘熟睡不醒，不知道老醜的江口在撫摩她，不是嗎？即使到了明天，她也不會知道。她純粹是個玩物呢，還是個犧牲品？江口老人到這家來，還只是第四回，然而隨著次數增加，愈發感到自己內心的麻木不仁，而今夜的感受尤深。

今晚的姑娘是不是也被這家弄得習慣了呢？她根本不把這些可憐的老人當一回事吧。她對江口的撫觸毫無反應。任何非人的世界也會由於習慣而成為人的世界。諸多的悖德行為都隱藏在世間的陰暗處。只是江口與其他到這家來的老人有點不同。也可以說全然不同。介紹江口到這家來的賀木老人，認為江口老人跟他們一樣；這是估計上的落差，江口還是個男人。因此可以認為江口還沒有痛切地體味到前來這家的老人們真正的悲傷、喜悅、懊悔和寂寞。對江口來說，未必需要絕對熟睡不醒的姑娘。譬如第二次造訪這家，面對那個妖婦般的姑娘，江口差點衝破禁戒，幸虧驚奇於她還是個處女，才控制住了自己。從此以後，他發誓要嚴守這家的清規戒律，或確保「睡美人」放心。發誓不破壞老人們的祕密。可話又說回來，這家淨招一些妙齡處女來，是什麼用心呢？也許可以說這是老人們可憐的希望吧。江口覺得好像明白了，卻也還是糊塗。

不過，今晚的姑娘有點可疑。江口老人難以相信。老人挺起胸脯，把胸部壓在姑娘的肩膀上，望著姑娘的臉。如同姑娘的體態那樣，她的臉也長得不夠端正。但卻格外天真無邪。鼻子下部略寬，鼻梁較矮。臉頰又圓又大。前額的髮際較低，呈富士山形。眉毛短且濃密，很尋常。

「還算可愛。」老人一邊自言自語，一邊把自己的臉頰貼在姑娘的臉頰上。這兒也很光滑。姑娘可能覺得肩膀太重吧，她翻過身來形成仰臥。江口把身子縮了回來。

老人就這樣閉上眼睛好長一會兒。也可能是姑娘的氣味格外濃重的緣故。常言說，人世間再沒有比氣味更能喚起人對往事的回憶了。而且姑娘的氣味可能是太甜了吧，竟使他只想起嬰兒的乳臭味。本來這兩種氣味是截然不同的，可能因為它是人類的某種根源的氣味吧。自古以來就有這樣的傳說：少女身上散發出來的香味，可以當作老人的長生不老藥。這姑娘的氣味，似乎不是這種馨香。如果江口老人對這個姑娘做出冒犯這家禁戒的舉動，一定會惹起令人討厭的腥臊味。但是，江口有這種想法，難道不正是一種徵兆，說明江口已經老了嗎？像姑娘的這種濃重的氣味，以及腥臊味，難道不正是人類誕生的原味嗎？她好像是個容易懷孕的姑娘。即使她被弄得熟睡不醒，但生理機能並沒有停止，明天她總會醒過來的吧。再說縱令姑娘懷了孕，她也是處在全然不知的狀態下。江口老人已經六十七歲，留下這樣一個孩子在人世間將會怎樣呢？引誘男人進「魔界」的似乎就是女體。

但是，姑娘已喪失所有的防禦能力。為了老人客，為了可憐的老人，她一絲不掛，絕不醒來。江口覺得自己也變得無情了，他十分煩惱，不由得自言自語，說些意料之外的事：老人會死，年輕人要戀愛；死只有一次，戀愛則有多回。雖然這是沒有料想到的事，但它卻使江口鎮靜了下來。再說他心情本來就不是那麼興奮。室外隱約傳來雨雪交加聲。海浪聲也平靜了下來。雨夾雪落在海水裡旋即融化掉。老人彷彿看到那又黑又寬闊的海。有一隻像大鵰般的凶鳥叼著血淋淋的獵物，幾乎貼著黑色波浪在盤旋。那獵物不是人類的嬰兒嗎？怎麼可能有這種事。如此看來，那是人類悖德的幻影吧。江口在枕頭上輕輕地搖了搖頭，把這幻想拂去。

「啊，真暖和。」江口老人說。這不僅是電毛毯子的關係。姑娘把蓋著的棉被往下拽，半露出那又寬又豐滿卻略缺高低起伏的線條鮮明的胸脯。深紅的天鵝絨帷幔的色澤，隱約映照在姑娘白皙的肌膚上。老人一邊觀賞這美麗的胸部，一邊用一隻手指沿著她那富士山形前額髮際的線路畫著。姑娘採仰臥姿勢後，一直均勻地發出長長的呼吸聲。在那小小的嘴唇裡長著什麼樣的牙齒呢？江口揪住她下唇的中間部位，稍稍把它打開看了看。比起小巧玲瓏的嘴唇來，她的牙齒就顯得不那麼細小，不過還算是細小、漂亮且整齊。老人把手鬆開，姑娘的嘴唇不像原先那樣緊閉，而保持著微啟的狀態，略見牙齒。江口老人用沾上口紅的紅指尖，去揪姑娘的厚耳垂，把口紅蹭到那上面，剩下的部分就蹭在姑娘的粗脖子上。著實白皙的脖子上，隱約劃出一道紅線，可愛極了。

江口尋思：她可能還是個處女吧。江口第二次來這家時，對那個姑娘產生過懷疑，由於江口對自己無恥的貪婪感到驚訝和懊悔，就無意對她做調查了。對江口老人來說，她是不是處女，又算得了什麼呢。不，一想到不一定是那樣，老人彷彿聽到自己體內有個聲音在奚落自己。

「是惡魔想嘲笑我嗎？」

「什麼惡魔，可不是那麼簡單。你只顧小題大做地想像著該死未死的、你的感傷和憧憬，不是嗎？」

「不，我想的不是我自己，只是更多地考慮那些可憐的老人夥伴而已。」

「哼，說得好聽，你這個悖德傢伙！還有比把責任推卸給別人的悖德者更卑鄙的嗎？」

「你說我是悖德者嗎？悖德就悖德吧。可是為什麼處女就是純潔的，而不是處女就不純潔呢？我到這家並不是想要什麼處女。」

「因為你還不真正懂得耄耋之年者的憧憬。你不要再來了。萬一，萬一那姑娘半夜醒來，你不覺得老人的羞愧事太少了嗎？」江口腦海裡浮現出諸如此類的自問自答。當然，這種事也不僅是讓處女睡在身邊。江口老人雖然到這家來還只是第四回，但是陪他的淨是處女，這點使他感到懷疑。這真的是老人們的希求和願望嗎？

可是，此刻「如果醒過來」這個念頭非常誘惑著江口。用多大程度的刺激，或用怎樣的刺激，才能讓她醒過來呢？哪怕是朦朧的狀態也罷。比如，把她的一隻胳膊卸下來、或深深地捅穿她的胸口或腹部，恐怕就無法繼續睡下去了，不是嗎？

「念頭愈發邪惡了。」江口老人自言自語道。大概用不了幾年，江口也會像到這裡來的老人們那樣地無力氣了吧。一種殘暴的思緒湧上心頭。把這種客棧破壞掉，也讓自己的人生毀滅掉吧。但是，會產生這種念頭，是由於今夜熟睡不醒的姑娘那種不是所謂勻稱的美女，而是可愛的美人露出又白又寬的胸脯所顯示的親切。毋寧說這好像是一種懺悔心的逆反表現。懦怯地行將結束的一生中也有懺悔。自己恐怕連一起去椿寺觀賞散瓣山茶花的小女兒那種勇氣也沒有。江口老人合上了眼睛。

眼前浮現出庭院裡沿著踏腳石兩旁修整過的低矮草叢中，兩隻蝴蝶雙雙飛舞戲耍的畫面。忽而藏入草叢中，忽而掠過草叢飛翔，十分快樂。兩隻蝴蝶在草叢上方稍高處，雙雙飛來飛去；草叢中又有另一隻蝴蝶出現，還有一隻再出現。江口心想：這是兩對夫妻蝴蝶呀。正想著的時候，驀地變成了五隻摻雜在一起。眼看著牠們彷彿在競爭，這時草叢裡又不斷地飛出無數的蝴蝶來。庭院裡呈現一片白蝴蝶的群舞。蝴蝶飛得都不高。低垂而舒展的紅葉枝頭，在微風中搖曳。紅葉枝頭纖細，卻綴著碩大的葉子，因此招風。白蝴蝶愈來愈多，恍如一片白色的花圃。江口老人望著淨是楓樹的地方，心想自己的這種幻覺是不是與「睡美人」之家有關呢？幻覺中的紅葉，時而變黃，時而又變紅，與成群蝴蝶的白色鮮豔地交相輝映。然而，這家的紅葉早已凋落殆盡——儘管還殘留著幾片敗葉瑟縮在枝頭。天空下著雨夾雪。

江口簡直完全忘卻了室外雨雪交加的寒冷。這樣看來，白蝴蝶成群飛舞的幻覺，大概是來自躺在身旁的姑娘那敞開的豐滿而白皙的胸脯。姑娘身上可能有某種東西足以攆走老人的邪惡念頭吧。江口老人睜開了眼睛，望著寬胸上的桃紅色小乳頭。它像是善良的象徵。他將半邊臉貼在姑娘的胸脯上。只覺眼簾裡熱呼呼的。老人想在姑娘身上留下自己的象徵。如果衝破這家的禁忌，姑娘醒過來之後一定會很惱恨。江口老人在姑娘的胸脯上留下了好幾處滲著血色的痕跡，他不由得打了個寒顫。

「會冷的呀。」江口說著把夜間蓋的東西拉了上來。他不假思索地把枕頭下面常備的兩片安眠藥都吞下了，「真沉啊，是賊胖嘛。」江口說著舉起雙手抱住她，讓她轉過身來。

翌日早晨，江口老人兩次被這家女人喚醒。第一次，那女人砰砰地敲著杉木門，說：

「先生！已經九點啦！」

「哦，我已經醒了。這就起來。那邊房間很冷吧。」

「我早就生好暖爐了。」

「雨夾雪還在下嗎？」

「已經停了。不過天陰的。」

「是嗎。」

「早餐早就準備好了。」

「哦！」老人含糊地回答，又迷迷糊糊地閉上了眼睛。他一邊把身子靠近姑娘那罕見的肌體，一邊嘟噥：「真是個地獄的催命鬼。」

過了不到十分鐘，那女人第二次來了。

「先生！」那女人猛烈地敲著杉木門，「您又睡著了嗎？」聲音也顯得冒火了。

「門沒有鎖呀。」江口說。女人走了進來。老人無精打采地坐起身。女人幫著糊裡糊塗的江口更衣，連襪子也幫他穿上。不過，她手的動作卻令人討厭。她到隔壁房間後，熟練地把煎茶也都沏好了。然而，當江口老人邊品嘗邊慢慢喝茶的時候，女人用冷冷的、懷疑的白眼望著他，說道：

「您對昨晚的姑娘很愜意是嗎？」

「唔，將就吧。」

「太好了，作好夢了嗎？」

「夢？什麼夢都沒有作。幸福地睡了一覺。近來不曾睡得這麼好。」江口露出要打呵欠的樣子，「我還沒有徹底醒過來呢。」

「您昨天很累吧？」

「大概是那個姑娘的關係吧。那個姑娘很走紅嗎？」

女人低下頭繃著臉。

「有件事要誠懇地拜託妳。」江口老人也故作莊重地說，「早飯後，能不能再給我一點安眠藥？拜託了。我會給妳報酬的。不知那個姑娘什麼時候醒過來……」

「這怎麼行！」女人那青黑色的臉頓時刷白，連肩膀都繃緊了，「瞧您都說些什麼呀？說話總得有個分寸嘛。」

「分寸？」老人想笑卻笑不出來。

女人可能懷疑江口對姑娘做了什麼手腳吧，急匆匆地走進了鄰室。

五

新年剛過，海浪洶湧，發出隆冬的音響。陸地上，風倒不是那麼大。

「呀，這麼冷的夜晚，歡迎您……」「睡美人」之家的那個女人說著，打開門鎖，把他迎了進來。

「就是因為冷才來的嘛。」江口老人說。「這麼冷的夜晚，能用青春的肌體來暖和自己，就是猝死也是老人的極樂，不是嗎？」

「瞧您說的討厭話。」

「老人是死亡的鄰居嘛。」

二樓往常的那間客房生了火爐，暖融融的。女人照例給他沏了上等煎茶。

「總覺得有股賊風灌進來。」江口說。

話剛落音，女人就「啊？」地應了一聲，她環視四周，「這房間沒有縫隙呀。」

「房間裡是不是有鬼呀？」

女人猛然嚇得肩膀直打哆嗦，望著老人。她臉色刷白。

「再給我一杯茶好嗎？不要涼的，我要喝燙的。」老人說。

女人一邊按他的要求做，一邊冷冷地問道：「您聽說什麼了？」

「唔，沒什麼。」

「是嗎。既然聽說了，您還來？」女人也許感覺到江口已經知道了，她似乎決意不勉強隱瞞，不過神情著實很不情願。

「您特意前來，不過我還是要勸您走吧。」

「我明知而來，不是很好嗎？」

「嘻嘻嘻……」聽起來像是惡魔的笑聲。

「反正那種事總會發生。因為冬天對老人來說很危險……這家只在冬天休業不好嗎？」

「……」

「雖然不知道什麼樣的老人來，但如果接二連三地死去，您恐怕少不了要負些責任吧。」

「這種事，請您向我們掌櫃說去吧。我有什麼罪過呢？」女人依然面無血色。

「有罪啊。你們不是把老人的屍體運到附近的溫泉旅館了嗎？趁著黑夜悄悄地……妳肯定也幫了忙。」

女人雙手抓住膝蓋，姿態變得僵硬起來，說著：

「這是為了那位老人的名譽啊！」

「名譽？死人也有名譽問題嗎？這也有個體面的問題啊。也許不是為了死者，而是為了家屬吧。談這些事似乎很無聊……那家溫泉旅館與這家是不是一個主人？」

女人不作答。

「那個老人死在裸體姑娘身邊，恐怕報紙也不至於會曝光吧。如果我是那個老人的話，我還希望不要運出去而留在這裡，這樣更幸福。」

「為了應付驗屍和一些麻煩的調查，加上房間也有些變化，一定會給常來的客人添麻煩，對陪睡的姑娘們也……」

「姑娘昏睡，也不知道老人死了。老人臨死的輕微掙扎，也不會使她驚醒吧。」

「是的，那是……不過如果讓老人在這裡死去的話，就得把姑娘遷出去，藏在某個地方。即使這樣做，也難免會由於某種原因、讓別人知道有個姑娘在死者身旁啊。」

「怎麼，把姑娘弄走了嗎？」

「可不是嗎，這顯然構成犯罪行為嘛，不是嗎？」

「老人的屍體都涼了，姑娘也不會醒吧。」

「是的。」

「這麼說，姑娘對身邊老人的死，簡直一無所知囉。」江口又說了一遍同樣的話。那老人死了之後，不知過了多長時間，沉睡的姑娘依然將她那暖呼呼的身體靠在冰涼的屍體上。屍體被抬了出去，姑娘也一無所知。

「我的血壓和心臟都很正常，不用擔心。不過，萬一出事，請不要把我運到溫泉旅館，就讓我依然躺在姑娘的身邊好嗎？」

「那可不行。」女人亂了方寸，「您要這麼說，那就要請您走人囉。」

「開句玩笑嘛。」江口老人笑了。正如他對女人也說過的那樣，他不認為猝死會逼近自己。

儘管如此，在這家過世的老人，報紙廣告刊登的訃告只說是「猝死」。江口在殯儀館遇見了木賀老人，兩人咬耳朵悄悄通了信息，了解了詳情。那老人是死於心絞痛。

「那家溫泉旅館嘛，不是像他這樣的老人住的旅館。他有固定住宿的旅館。」木賀老人對江口老人說，「因此也有人悄悄議論說：福良專務董事可能是安樂死吧。」

「唔。」

「也許假安樂死，其實不是真正的安樂死，可能比安樂死更痛苦吧。我與福良專務董事是較親近的朋友，一聽說馬上就有所感應，立即做了調查。但是，我對誰都不說。死者家屬也不知道。那條訃告有意思吧？」

報上並排登了兩則訃告。開始的一則是福良的妻子與他的嗣子署名。另一則是署公司的名。

「福良就是這個樣子。」木賀裝出粗脖子、寬胸脯、特別鼓起的大肚子讓江口看，「你也小心點好呀。」

「我倒沒有這種顧慮。」

「不過，他們最後還是在半夜三更把福良這具大屍體，運到溫泉旅館了。」是誰搬運的呢？當然肯定是用車子運走的，不過江口老人覺得這事相當瘮人。

「雖然這次事件，不為人所知就過去了，可是，這種事再發生，我想那家恐怕也長久不了。」木賀老人在殯儀館悄悄地說。

「可能吧。」江口老人應聲道。

今晚，這女人猜到江口已經知道福良老人的事，似乎也不想隱瞞，不過卻小心地警惕著。

「那姑娘真的不知道嗎？」江口老人對這女人又提出了令人討厭的問題。

「她當然不會知道。不過，看起來那老人臨死時有點痛苦，姑娘的脖子到胸脯都有抓傷的痕跡。姑娘卻什麼都不知道，第二天醒來，她說：真是個討厭的老頭。」

「是個討厭的老頭嗎，即使是臨死前的痛苦也罷。」

「抓痕還不到傷的程度。充其量有些地方滲出點血，有點紅腫……」

那女人似乎什麼都對江口說了。這樣一來，江口反而無意再探問。那老人恐怕也只不過是一個早晚會在某處猝死的人罷了。對他來說，也許這樣的死是一種幸福的猝死。只是，像木賀所說，把那麼一具大屍體搬運出門這件事，刺激了江口的想像，他說：「耄耋之年的死總是醜陋的呀，唉，也許是接近幸福的極樂淨土……不不，那老人準是墜入魔界了。」

「……」

「那姑娘也是我認識的姑娘嗎？」

「這我不能說。」

「唔。」

「因為姑娘的脖子到胸脯都留下了搔痕，所以我讓她休息到搔痕全都消去……」

「請再給我一杯茶，嗓子乾得很。」

「好，我換換茶葉。」

「發生了這樣的事，儘管在祕密中埋葬了，但這家的日子恐怕不會長了，妳不覺得嗎？」

「可能這樣嗎？」女人緩慢地說，頭也沒抬地在沏茶。

「先生，今晚幽靈可能會出現吶。」

「我還想與幽靈懇切地談談呢。」

「您想談什麼呢？」

「關於男性可憐的老年問題唄。」

「剛才我是開玩笑吶。」

老人啜飲著香噴噴的煎茶。

「我知道是開玩笑。不過，我體內也有幽靈吶。妳體內也有呀。」江口老人伸出右手指了指女人。

「話又說回來，妳怎麼知道老人死了呢？」江口問。

「我覺得似乎有奇怪的呻吟聲，就上二樓來瞧瞧。老人的脈搏呼吸都已經停止了。」

「姑娘全然不知道吧？」老人又說。

「這點事，不至於讓姑娘驚醒過來。」

「這點事嗎？……這就是說老人的屍體被運出去，她也不知道囉？」

「是的。」

「這麼說，姑娘是最厲害的囉？」

「沒有什麼厲害的嘛，先生請別說這些不必要的話，快到鄰室去吧。難道您曾認為熟睡的姑娘是最厲害的嗎？」

「姑娘的青春，對老人來說，也許是最厲害的啊。」

「瞧您都說些什麼呀……」女人莞爾一笑，站起身來，把通往鄰室的杉木門略微打開，「姑娘已經熟睡等著您吶，請吧……給您鑰匙。」說著從腰帶間把鑰匙掏出來交給了江口。

「對、對了，我說晚了，今夜是兩個姑娘。」

「兩個？」

江口老人吃了一驚，不過他尋思，說不定這是由於姑娘們也知道福良老人猝死的關係吧。

「請吧。」女人說著走開了。

江口打開杉木門，初來乍到時的那股子好奇或羞恥感，已經變得遲鈍了，不過還是覺得有點奇怪。

「這也是來見習的嗎？」

但是，這個姑娘與先前見習的那個「小姑娘」不一樣，顯得很粗野。她的粗野姿態，令江口老人把福良老人的死，幾乎忘卻得一乾二淨。兩個挨在一起、靠近入門處的這個就是那個姑娘，她熟睡著。大概是不習慣老人愛用的電毛毯子的關係，或是她體內充滿溫暖而不把寒冬之夜當回事的緣故，姑娘把被子蹬到心窩下，睡成一個大字型。仰面朝天，兩隻胳膊盡量伸張。她的乳暈大，且呈紫黑色。天花板上投射下來的光落在深紅色帷幔上，輝映著她的乳暈，色澤並不美，從脖子到胸脯的色澤也談不上美。但卻是又黑又亮。似乎有點狐臭。

「這就是生命吧！」江口喃喃自語。這樣一個姑娘給六十七歲的老人帶來了活力。江口有點懷疑這個姑娘是不是日本人。看上去一些特徵表明她才十幾歲，乳房大，乳頭卻沒有鼓出來。雖然不胖，身體卻長得很結實。

「唔。」老人拿起她的手看了看：手指長，指甲也很長。身體一定也像時興那樣修長吧。她究竟會發出什麼樣的聲音，會說什麼樣的話呢？江口喜歡聽廣播和電視裡好幾個女人的聲音，當這些女演員出現時，他曾把眼睛閉上，只聽她們的聲音。老人很想聽聽這個熟睡著的姑娘的聲音，這種誘惑愈發強烈起來。此刻絕不會醒過來的姑娘怎麼可能有意識地說話呢。怎樣做才能讓她說夢話呢？當然，說夢話的聲音與平常的不同。再說，女人一般都能說幾種語調，不過這個姑娘大概只會用一種聲音說話吧。從她的睡相也可以看出，她保持自然的粗野，沒有裝腔作勢。

江口老人坐起身來，撫弄著姑娘長長的指甲。指甲這種東西竟這麼硬呀。這就是強健而年輕的指甲嗎？指甲下面的血色是這麼鮮豔。此前他沒有注意到，姑娘脖子上戴了一條很細的金項鏈。老人莞爾一笑。同時在這樣寒冷的夜裡，她竟露出胸脯，前額髮際還在冒汗。江口從口袋裡把手絹掏了出來，給她擦擦汗。手絹沾上了濃濃的氣味。連姑娘的腋下也擦拭了。他不能把這條手絹帶回家，所以把它揉成團扔在房間的犄角裡。

「哎呀，她抹了口紅。」江口嘟囔著說。雖然這是理所當然的事，但是這個姑娘抹口紅的樣子也招人笑；江口老人望了望姑娘，自言自語說：

「她做過豁嘴手術呀。」

老人把扔掉的手絹又撿回來，揩了揩姑娘的嘴唇。那不是做過豁嘴手術的痕跡。她那上唇，只有中間部位高出來，那種富士山形的輪廓特別鮮明、好看。那裡意外地招人愛憐。

江口老人驀地想起十四多年前的接吻。站在姑娘面前，把手輕輕地搭在她肩上的江口，突然靠近她的嘴唇。姑娘把臉向右邊閃過去，又向左邊躲開。

「不要，不要，我不嘛。」姑娘說。

「好了，吻了。」

「我沒有吻呀。」

江口揩拭了一下自己的嘴唇，並讓她看看沾著點口紅的手絹，說：

「不是已經吻過了嗎？瞧……」

姑娘把手絹拿過來看了看，一聲不吭地將它揣到自己的手提包裡。

「我沒有吻呀。」姑娘說著低下頭來，噙著眼淚，緘口不語。打那以後，就再也沒有見到她了……不知姑娘後來是怎樣處理那條手絹的呢？不，比手絹更重要的是，四十多年後的今天，姑娘是否還活著？

江口老人在看到熟睡姑娘那美麗的山形上唇以前，不知過了多少年，自己全然忘卻了當年的那個姑娘。江口心想，如果把手絹放在熟睡姑娘的枕邊，手絹上沾有口紅，姑娘自己的那份口紅又褪了色，待到她醒過來時，會不會想自己還是被人偷偷吻了呢？當然，在這家裡，接吻這種事，無疑是客人的自由，不屬禁止之列。耄耋之年的人再怎麼老糊塗也是會接吻的。只是這裡的姑娘絕不躲避，也絕不會知道而已。睡著的嘴唇是冰涼的，也許還有點濕潤。親吻所愛女屍的嘴唇，不是更能傳遞情感的戰慄嗎？江口一想到來這裡來的老人們那可憐的衰老，就更湧不起這種慾望了。

然而，今晚的姑娘那罕見的唇型，多少吸引了江口老人。他想：竟有這種嘴唇呀。老人用手指尖去觸動一下姑娘上唇的正中部位。它較乾燥，嘴唇也較厚。可是姑娘開始舔嘴唇，一直到把嘴唇舔濕潤了。江口把手收了回來。

「這姑娘一邊睡一邊在接吻嗎？」

不過，老人只是撫摩了一下姑娘耳際的頭髮。頭髮又粗又硬。老人站起身來，更衣去了。

「身體再棒，這樣也會感冒的。」江口說著將姑娘的胳膊放進被窩裡，又把蓋的東西拽到姑娘的胸脯上。然後靠到姑娘身旁。姑娘翻過身來。

「唔唔。」姑娘張開兩隻胳膊猛力一推，輕而易舉地就把老人推出被窩。老人覺得很滑稽，笑個不止。

「果然不錯，是個勇猛的見習生啊。」

姑娘陷入絕不會醒過來的熟睡中，全身被麻醉了似的，可以任人擺布。但是，面對著這樣一個姑娘，江口老人已經喪失了竭盡全力去對付她的勁頭。也許時間太長都忘卻了。他本是從溫柔的春心和馴服的順從進入境界的。本是從女人的親切中進入境界的。已經不需要為冒險和鬥爭而喘氣了。現在突然被熟睡的姑娘推了出來，老人一邊笑一邊想起這些事。

「畢竟是歲月不饒人啊。」江口老人喃喃自語。其實他不像到這家來的老人們那樣，他還沒有資格到這裡來。但是，使他想起這不常有的而又切實的問題：自己身上所殘存的男性的生命也不久了——可能是這個肌膚又黑又亮的姑娘吧。

對這樣的姑娘施展暴力，正可以喚醒青春。江口對「睡美人」之家已經有點厭倦。儘管厭倦，可是來的次數反而多了起來。一股血氣的湧動，在唆使江口要對這姑娘施展暴力，衝破這家的禁忌、揭示老人們醜陋的祕樂，然後從此與這裡訣別。但是，實際上不需要暴力和強制。熟睡的姑娘身體恐怕不會反抗，要勒死她也不費吹灰之力。江口老人洩氣了，黑暗的虛無感在內心底裡擴展著。近處的波濤聲像是從遠處傳來。也許這與陸地上無風也有關係吧。老人想像著黝黑大海的黑暗底層。江口支起一隻胳膊肘，把自己的臉貼近了姑娘的臉。姑娘嘆息了。老人也停止接吻，放平了胳膊肘。

姑娘那肌膚黝黑的雙手把江口老人推出被窩，因此她的胸脯也裸露在被窩外面。江口鑽進貼鄰的另一個姑娘的被窩裡。原是背向著他的姑娘，向他扭轉身來。姑娘雖然是熟睡卻像迎接了他，樣子溫柔而親切，是個情趣媚人的姑娘。她把一隻胳膊搭在老人的腰部。

「妳配合得很好。」老人說著一邊玩弄姑娘的手指，一邊閉上了眼睛。姑娘的手指很細且很柔韌，彷彿怎麼折也折不斷似的。江口甚至想把它放進自己的嘴裡。她的乳房雖小卻又圓又高，整個可納入江口老人的掌心裡。她腰部的渾圓也是這種形狀。江口心想，女人真有無限的魅力啊。於是不禁悲從中來，他睜開了眼睛。只見姑娘脖頸修長、細膩而美麗。雖說身材修長，但沒有給人以日本式古色古香的感覺。她閉著的眼睛是雙眼皮，不過線條較淺，也許睜開就成單眼皮了。也許時而是單眼皮，時而又成雙眼皮吧。也許一隻眼睛是雙眼皮，一隻眼睛是單眼皮呢。在房間四周的天鵝絨帷幔的映襯下，難以正確判斷出她肌膚的顏色，不過她的臉略呈棕色，脖頸白皙，脖頸根處又帶點棕色，胸部簡直白透了。

江口知道肌膚黝黑的姑娘是高個子，估計這個姑娘也肯定是個高個吧。江口用足尖去探量了一下。首先接觸到的是黝黑姑娘那皮膚又黑又硬的腳心，而且那是一隻汗腳。老人趕緊把腳收了回來，然而這隻汗腳卻反而成了一種誘惑。江口老人驀地產生一閃念：據說福良老人因心絞痛發作而死，陪他的會不會是這個黝黑的姑娘呢？緣此今夜才讓兩個姑娘來作陪的吧？

但是，那也不可能。這家的那個女人剛才不是說過了嗎，福良老人臨終掙扎，把陪他的姑娘從脖子到胸部抓得搔痕累累，所以就讓那姑娘休息到搔痕完全消失。江口老人又再次用腳尖去觸摩姑娘那皮膚厚實的腳心，並漸次往上探摩她那黝黑的肌體。

江口老人彷彿感到有股「傳給我生的魔力吧」這種戰慄，流遍全身。姑娘把蓋著的棉被——不，是把棉被下的電毛毯子蹬開。把一隻腳伸了出來，叉開。老人一面想把姑娘的身軀推到隆冬時節的鋪席上，一面凝望著姑娘的胸部和腹部。老人把耳朵壓在姑娘的心臟上聽那鼓動聲。本以為聲音又大又響，卻不料聲音竟輕得可愛。而且聽起來心律有點亂嘛，不是嗎？也許這是老人那奇異的耳朵在作怪吧。

「會感冒的。」江口把棉被蓋到姑娘身上，並且把姑娘那邊的電毛毯子的開關關掉。江口似乎又覺得女人生命的魔力也算不了什麼。勒住姑娘的脖子她會怎樣呢？那是很脆弱的。這種勾當就是老人幹起來也是輕而易舉的。江口用手絹揩拭剛才貼在姑娘胸脯上的那耳邊的臉頰。姑娘肌膚的油脂沾在那上面似的。姑娘心臟的鼓動聲還縈繞在他耳朵的深處。老人將手放在自己的心臟部位上。也許是因為自我撫觸，覺得心臟的鼓動聲均勻有力。

江口老人背向黑姑娘，轉身朝向那溫柔的姑娘。她那長得恰倒好處的美麗鼻子，優雅地映現在他的老眼裡。躺著的脖子又細又長，美麗動人，他情不自禁地想伸出胳膊把它摟過來。隨著脖頸柔韌地扭動，漾出了甜美的芳香。這芳香與老人身後黑姑娘散發出來的野性濃烈氣味混雜在一起。老人緊貼住肌膚白皙的姑娘。姑娘的呼吸變得急促起來。但是沒有要醒過來的樣子。江口一動不動地待了一會兒。

「她會原諒我吧。作為我一生中的最後一個女人……」老人身後的黑姑娘似乎在搖動他。老人伸過手去探摸。那裡也與姑娘的乳房一樣。

「冷靜下來吧。聽著冬天的海浪、冷靜下來吧。」江口老人努力控制著自己的心潮。

老人尋思：「姑娘像被麻醉了似的熟睡了。人家讓她喝了毒物或烈性藥。」

這是為了什麼呢？「難道不是為了金錢嗎？」老人想到這裡就躊躇起來。即使他知道姑娘一個個都不一樣，但是如果敢於侵犯她，給她的一生帶來淒慘的悲哀、無法治癒的創傷，那麼這個姑娘一定會變吧。六十七歲的江口如果認為任何女人的身體都一樣，也未嘗不可。而且這個姑娘很順從，既無抗拒也無反應。與死屍不同的，只是她有熱血和呼吸而已。不，到了明天，活生生的姑娘就會清醒過來，她與屍體有這麼大的差別嗎？但是姑娘沒有愛，沒有羞恥，也沒有戰慄。醒後只留下怨恨和後悔。是哪個男子奪走了她的純潔？她自己也不知道。充其量只知道是一個老人而已。姑娘恐怕連這點也不會告訴這家的那個女人吧。姑娘即使知道這個老人之家的禁戒遭到破壞了，她肯定也會隱瞞下去。除了姑娘之外，任何人都不會知道，事情就了結了。溫柔姑娘的肌體把江口吸引住了。她自己這半邊的電毛毯的開關因為已被關掉，大概因此感覺冷的緣故吧，黑姑娘的裸體從老人身後拚命地推動著老人。她用一隻腳伸到白姑娘的腳處，把她也一起勾住了。毋寧說，江口覺得很滑稽，全身已筋疲力盡。他探找枕邊的安眠藥。他被夾在這兩個姑娘之間，手也不能自由動作。他把手掌搭在白姑娘的額頭上，一如往常，望著那白色的藥片。

「今天夜裡不吃藥試試看如何。」老人自言自語。今晚的安眠藥無疑會比往常的強一些。喝下去用不了多久就會睡得不省人事。江口老人開始懷疑，這家的那些老人顧客果真都聽從這家女人的囑咐，老老實實地把藥喝下去嗎？但是，如果說有人不喝安眠藥，捨不得入睡的話，那麼他豈不是在老醜的基礎上顯得更加老醜了嗎？江口認為自己還不屬於這個行列的成員。今晚也把藥吃了。他想起自己說過：希望吃與熟睡姑娘用的一樣的藥。那女人回答說：「這種藥對老人很危險。」因此，他也就不強求了。

但是，所謂「危險」是不是指熟睡後死去呢？江口雖然只是一個地位平庸的老人，但畢竟是個人，有時難免會感到孤獨空虛，墜入寂寞厭世的深淵。在這家的這種地方，不是難得的死的場所嗎？與其勾起人們的好奇心，或招世人奚落，還不如死後留名呢，不是嗎？這樣死去，認識我的人定會大吃一驚的。雖然不知會給家屬帶來多麼大的傷害，比如像今晚那樣夾在兩個年輕姑娘中間睡死過去，難道不是就老殘之身的本願嗎？不，這樣不行。我的屍體一定會像富良老人那樣，從這家搬運到寒磣的溫泉旅館去，於是就會被當作服安眠藥自殺的人了。沒有遺囑，因而也不知道死因，人們準會認為老人因受不了晚年悽愴的無常而自行解決。這家女人的那副冷笑面孔又浮現在他眼前。

「幹嘛做這種愚蠢的妄想？真晦氣。」

江口老人笑了。但這似乎不是明朗的笑。安眠藥已經開始起作用了。

「好，我還是把那個女人叫醒，跟她要與姑娘一樣的藥來吧。」江口嘟喃道。但是那女人不可能給。再說江口懶得起身，也就算了。江口老人仰躺著，兩隻胳膊分別摟著兩個姑娘的脖頸。那脖頸一個是柔軟馨香，一個是僵硬、脂肪過剩。老人體內湧起了什麼。他望了望右邊和左邊的深紅色帷幔。

「啊。」

「啊。」黑姑娘彷彿回答似地說。黑姑娘手頂住江口的胸膛。可能是感到難受吧。江口鬆開一隻胳膊，翻身背向著黑姑娘。另一隻胳膊又伸向白姑娘摟住她的腰窩。然後把眼簾耷拉了下來。

「一生中的最後一個女人嗎。為什麼是最後的女人？諸如什麼等等，絕不是……」江口老人想。「那麼自己最初的女人，又是誰呢？」老人的頭腦與其說是慵懶，不如說昏沉。

最初的女人「是母親」。這一閃念在江口老人心中出現。「除了母親以外，別無他人嘛。不是嗎？」簡直是出乎意料的回答冒了出來。「母親怎麼會是自己的女人呢？」而且，到了六十七歲的今天，自己躺在兩個赤身裸體的女人中間，這種真實，第一次出其不意地從內心底裡的某個角落裡湧了上來。是褻瀆呢，還是憧憬？江口像拂去噩夢時那樣睜開了眼睛，眨巴了一下眼簾。然而，安眠藥力愈發強勁，很難清醒地睜開眼睛，遲鈍的頭腦疼痛起來。他想追逐朦朧中母親的面影。他嘆了口氣，爾後把掌心搭在右邊和左邊兩個姑娘的乳房上。一個很滑潤，一個是油汗肌體，老人紋絲不動地閉上了眼睛。

江口十七歲那年冬天的一個夜晚，母親辭世了。父親與江口分別握住母親的左右手。母親患結核症，長期受折磨，胳膊只剩下一把骨頭。但是她的握力還很大，甚至把江口的手指都握痛了。她那手指的冰冷甚至傳到江口的肩膀。給母親摩挲腳的護士，突然站起身走了出去。大概是為了給醫院打電話吧。

「由夫，由夫……」母親斷斷續續地呼喚。江口立即察覺，他輕輕地撫摩母親那喘著氣的胸口，這當兒，母親突然吐出大量的血。血還從鼻子裡咕嘟咕嘟地流出來。她斷氣了。那血無法用枕邊的紗布和布手巾揩拭乾淨。

「由夫，用你的汗衫袖子擦吧。」父親說，「護士小姐，護士小姐，請把臉盆和水……唔，對了，新枕頭、新睡衣，還有床單……」

江口老人一想到「最初的女人是母親」時，母親當年那種死相就會浮現腦際，這也很自然。

「啊！」江口覺得圍繞在密室四周的深紅色帷幔，就像血色一般。無論怎樣緊緊地閉上眼睛，眼裡的紅色也不能消失。而且由於安眠藥的關係，頭腦也變得朦朧了。兩邊掌心依然放在兩個姑娘嬌嫩的乳房上。老人良心和理性的牴觸也半麻痺了，眼角似乎噙著淚水。

「在這種地方，為什麼會把母親想成最初的女人呢？」江口老人覺得很奇怪。但是，由於把母親當作最初的女人，後來也就不可能出現那些被他惡作劇玩弄過的女人了。再說，事實上最初的女人恐怕是妻子吧。如果是就好了，她已經生了三個女兒，而且她們都出嫁了。在這冬天的夜裡，這個老婆獨自在家中睡覺。不，也許還睡不著吧。雖然沒有像這裡那樣聽見海浪聲，不過，夜寒襲人也許比這裡更感寂寞吧。老人心想：在自己的掌心下的兩個乳房是什麼東西呢？這東西即使自己死了之後，它依然流動著溫暖的血活下去。然而，它是什麼東西呢？老人的手使盡慵懶的力氣抓住它。姑娘們的乳房似乎也在沉睡，毫無反應。母親臨終，江口撫摩她的胸膛時，當然接觸到母親衰頹的乳房。那是令人感受不到是乳房的東西。現在都想不起來了。能想到的，是摩挲著年輕母親的乳房入睡的幼年時代的日子。

江口老人逐漸被濃重的睡意吸走了。為了擺個好睡的姿勢，他把手從兩個姑娘的胸脯上抽了回來。身子朝向黑姑娘這邊，因為這個姑娘的氣味很濃重。姑娘的呼吸也粗，把氣直呼到江口的臉上。姑娘的嘴唇微微張開。

「哎呀，多麼可愛的齙牙。」老人試著用手指去捏她的齙牙。她的牙齒顆粒大，可是那顆齙牙卻很小。如果不是姑娘的呼吸吐過來，江口也許早就親吻那顆齙牙附近的地方。可是，姑娘濃重的呼吸聲，影響了老人的睡眠。老人翻過身去。儘管如此，姑娘的呼吸還是吐到江口的脖頸處。雖然還不是鼾聲，卻也呼呼作響。江口把脖子縮了起來，正好額頭挨到白姑娘的臉頰上。白姑娘也許皺了皺眉頭，不過看起來是在微笑。老人介意著身後觸著油性的肌膚，又冷又濕。江口老人進入夢鄉了。

大概是被兩個姑娘夾著，睡不舒服的緣故吧，江口老人連續作噩夢。這些夢都不連貫，但卻是討厭的色情之夢。而且最後江口竟夢見自己新婚旅行，回到家中，看見滿園怒放著像紅色西番蓮那樣的花，幾乎把房子都給淹沒了。紅花朵朵，隨風搖曳。江口懷疑這是不是自己的家，躊躇不敢走進去。

「呀，回來了。幹麼要站在那裡呀。」早已過世的母親出來迎接。「是新媳婦不好意思嗎？」

「媽媽，這花怎麼了？」

「是啊。」母親鎮靜地說，「快上來吧。」

「哎。我還以為我找錯了門呢。雖然不可能找錯，不過因為那麼多花……」

客廳裡擺著歡迎新婚夫婦的菜肴。母親接受了新娘的致辭後，到廚房去把湯熱上。烤真鯛的香味，也飄忽而來。江口走到廊道上觀賞花。新娘也跟著來了。

「啊！好漂亮的花。」她說。

「唔。」江口為了不讓新娘害怕，不敢說出：「我們家從來就沒有這種花……」

江口望著花叢中最大的一朵，看見有一滴紅色的東西從一片花瓣中滴落下來。

「啊？」

江口老人驚醒了。他搖搖頭，可是安眠藥勁使他昏沉。他翻過身來，朝向黑姑娘。姑娘的身體是冰涼的。老人不禁毛骨悚然。姑娘沒有呼吸。他把手貼在她的心臟上，心臟也停止了悸動。江口跳起身來。腳跟打了個趔趄，倒了下去。他顫巍巍地走到鄰室。環視了一下四周，只見壁龕旁邊有個呼喚鈴。他用手指使勁地按住鈴好長一會兒。聽見樓梯上傳來了腳步聲。

「會不會是我在熟睡中，無意識地把姑娘的脖子勒住了呢？」

老人爬也似的折回房間，望著姑娘的脖子。

「出了什麼事？」這家女人說著走了進來。

「這個姑娘死了。」江口嚇得牙齒打顫。女人沉著鎮靜，一邊揉揉眼睛一邊說：

「死了嗎？不可能。」

「是死了。呼吸停止，也沒有脈搏了。」

女人聽這麼一說，臉色也變了，她在黑姑娘枕邊跪坐下來。

「是死了吧？」

「……」女人把棉被掀開，查看了姑娘。「客人，您對姑娘做了什麼了嗎？」

「什麼也沒有做啊。」

「姑娘沒有死，您不用擔心……」女人盡量冷漠而鎮靜地說。

「她已經死了。快叫醫生來吧。」

「……」

「妳到底給她喝了什麼呢？也可能是特殊體質。」

「請客人不要太張揚了。我們絕不會給您添麻煩的……也不會說出您的名字……」

「她死了呀。」

「她不會死的。」

「現在幾點了？」

「四點多鐘。」

女人把赤身裸體的黑姑娘搖搖晃晃地抱了起來。

「我來幫妳。」

「不用了。樓下還有男幫手……」

「這姑娘很沉吧。」

「請客人不用瞎操心，好好休息吧。還有另一個姑娘嘛。」

再沒有比「還有另一個姑娘嘛」這種說法，更刺痛江口老人了。的確，鄰室的臥鋪上還剩下一個白姑娘。

「我哪裡還能睡得著呀。」江口老人的聲音裡帶些憤怒，也夾著膽怯和恐懼。

「我這就回去了。」

「這可不行，這個時候從這裡回家，更會被人懷疑，那就不好了……」

「可我怎麼能睡得著呢？」

「我再拿些藥來。」

傳來了女人在樓梯途中把黑姑娘連拖帶拉地拽到樓下的聲音。老人只穿一件浴衣，開始感到寒氣逼人。女人把白藥片帶上樓來。

「給您。吃了它，您就可以舒適地睡到明兒天亮。」

「是嗎？」老人打開鄰室的門扉，只見剛才慌張中蹬開的棉被還原樣未動，白姑娘裸露的身軀躺在那兒，閃爍著美麗的光輝。

「啊！」江口凝望著她。

忽聽得像是載運黑姑娘的車子聲音走遠了。可能是把她運到安置福良老人屍體那家可疑的溫泉旅館去吧。

解說[1]

〈睡美人〉（昭和三十五年一月—三十六年十一月《新潮》雜誌）

稱這部作品毋庸置疑是一部傑作的人，除了我之外，據我所知只有一人，就是愛德華．賽登斯蒂克（Edward George Seidensticker，川端康成獲得諾貝爾文學獎作品《雪國》的美籍譯者）先生。他的文學觀點與我有著天壤之別，但是我們每次碰面總會聊〈睡美人〉，只要一聊起這部作品，原本在爭執的我們就會握手言和。

我提起賽登斯蒂克先生，不是基於部分日本人崇洋媚外的心態。但我認為外國人給予日本文學錯誤評價的比例，與日本人給予日本文學錯誤評價的比例相去不遠，日本人對於自己在文學方面的種種偏見毫無自覺，導致眼前作品釋放的芳香都散失了。另一方面也是因為在《徒然草》之後，眾人開始喜歡起半吊子的作品（事實上如果大眾喜歡半吊子作品，那麼他們給予川端某些作品的評價顯然是過高了），容易忽略形式上的完成之美。

〈睡美人〉保留了形式上的完成之美，同時也散發出類似過熟果實腐臭味的芳香，可說是頹廢文學的佳作。這部作品充滿真正的頹廢，那是東施效顰的大正文學等所遠遠不及的。我至今仍無法忘記第一次讀到這部作品時的強烈感受。一般小說會利用對話與動作，生動區分角色個性，然而這部作品在本質上，使用了極度困難、極度諷刺的技巧描寫六位姑娘；她們六個人沉睡著沒有說話，因此除了各式各樣的睡覺習慣與夢話之外，只能夠著重於肉體的描寫。那種執著細密、戀屍癖形式的肉體描寫，換一種形容方式，也就是一般人認為的極致淫蕩。但是，這部作品之所以令人感到窒息，卻是因為性幻想往往交織著自我厭惡，也是因為生命的讚揚往往交織著生命的否定。作品中將那種性慾的封閉狀態稱為人類智慧的極限，由此延伸出整個故事，絲毫沒有將之視為是性自由或性解放的象徵。而且這個絕對不存在救贖的世界，因為其中一位「睡美人」的猝逝——

1 本篇解說由黃薇嬪翻譯。

「不是還有另一位姑娘麼。」

被客棧老闆娘這句可怕的結語更進一步封鎖。然而，事實上，這個世界沒有真的因此封鎖，而是邁向一個更寬廣、更社會性、更無法逃脫的「死亡之舞」劇情，亦即暗示著江口老人的死亡。這部作品不斷描寫無與倫比的封閉狀態，藉此把讀者帶入無道德的虛無中。我過去不曾讀過如此反人類主義的作品。

翻開書閱讀沒多久，在客棧老闆娘「使用左手」打開房間門鎖的段落，和服腰帶的太鼓結上出現的怪鳥圖案，讓人備妥了不舒服的厭惡感。終於在詳細描述熟睡姑娘手指的段落，我已經被這個「對自己的存在一無所知」的性對象所給予的某種安全感俘虜。江口老人與姑娘之間的接觸，是男性性慾成見的極致；面對著讓人產生欲望的對象，卻又設法避開這個欲望對象主動走向自己；自始至終企圖讓實際情況與自身成見達成一致，由此可看出男性的自我陶醉。因此對方熟睡是最理想的狀態，因為對方不知道自己的存在，性慾可以是純粹的性慾，能夠防止以彼此心意相通為前提的「愛」的入侵。羅馬教廷最厭惡的邪惡就在此處，因為這是遠離「愛」的性慾形式。

可是，客棧老闆卻一口咬定：

「這個屋簷下沒有惡。」

睡美人的世界以無力感隔絕了惡——在我這麼思考之時，似乎也隱約可見川端所認為的「惡」究竟是什麼。那是人類愛過了頭、想要毀滅對方的惡，也是構成人類一切的別稱。

要列舉出與川端的厭世程度相當，卻迷上與川端不同方向世界的作家，只要提到《卡門》（*Carmen*）的作者梅里曼（Prosper Mérimée）就夠了吧。

——三島由紀夫

川端康成文集 1

睡美人
NEMURERU BIJO

作者　川端康成
譯者　葉渭渠
副社長　陳瀅如
總編輯　陳郁馨
主編　張立雯
電腦排版　極翔企業有限公司

出版　木馬文化事業股份有限公司
發行　遠足文化事業股份有限公司（讀書共和國出版集團）
地址 231新北市新店區民權路108之4號8樓
電話 02-2218-1417　傳真 02-8667-1891
email: service@bookrep.com.tw
郵撥帳號 19588272 木馬文化事業股份有限公司
客服專線 0800221029
法律顧問　華洋法律事務務　蘇文生 律師
印刷　成陽印刷股份有限公司
二版1刷　2016年8月
二版8刷　2024年7月
定價　新台幣250元

ISBN 978-986-359-260-0

國家圖書館出版品預行編目(CIP)資料

睡美人 / 川端康成作；葉渭渠譯. -- 二版. -- 新北市：木馬文化出版：遠足文化發行, 2016.08
面；　公分. --（川端康成文集；1）
ISBN 978-986-359-260-0（平裝）

861.57　105008821

特別聲明：
有關本書中的言論內容，不代表本公司/出版集團之立場與意見，文責由作者自行承擔